듣기만 해도
가슴 뛰는 말

듣기만 해도 가슴 뛰는 말

초판 1쇄 인쇄일 2020년 2월 21일
초판 1쇄 발행일 2020년 3월 1일

지은이 신상철
펴낸이 양옥매
디자인 송다희 임흥순
교 정 임수연

펴낸곳 도서출판 책과나무
출판등록 제2012-000376
주소 서울특별시 마포구 방울내로 79 이노빌딩 302호
대표전화 02.372.1537 팩스 02.372.1538
이메일 booknamu2007@naver.com
홈페이지 www.booknamu.com
ISBN 979-11-5776-842-4(03800)

이 도서의 국립중앙도서관 출판시도서목록(CIP)은 서지정보유통지원 시스템
홈페이지(http://seoji.nl.go.kr)와 국가자료공동목록시스템
(http://www.nl.go.kr/kolisnet)에서 이용하실 수 있습니다.
(CIP제어번호 : CIP2020003200)

듣기만 해도
가슴 뛰는 말

신상철 지음

책과나무

시간을 적절히 잘 활용하고 인생을 지혜롭게 사는 방법, 협상을 유리하게 이끌어내는 방법, 쌍방으로부터 신뢰를 얻는 대화법, '서비스맨'이 갖추어야 할 기본자세, 책을 효과적으로 읽는 방법, 인간의 행동과 습관을 고치는 방법, 자신의 운명을 개척하는 방법 등 '자기관리' 또는 '자기계발'과 관련된 책은 서점에 가보면 그 수를 헤아릴 수 없을 만큼 다양하고 하루가 멀게 유사한 종류의 신간들이 쏟아져 나온다.

이 책을 쓴 이유는 이미 서점에서 쉽게 찾아볼 수 있는 여러 지침서들의 중요성을 새삼스럽게 강조하고자 함도 아니고, 독자들에게 필자의 생각을 제안하거나 강제하려는 것도 아니다.

중국에는 '인생의 의무는 아들을 낳고, 책을 쓰고, 나무를 심어야 한다.'는 속담이 있다고 한다. 또 베이컨의 「수상록」에는 '독서는 사람을 가득 차게 하고, 대화는 사람을 통하게 하고, 저술은 사람을 정확하게 한다.'는 말이 등장한다.

필자가 이 책을 쓰게 된 이유도 여기에 있다. 저술을 통해 정년퇴직을 앞두고 40여 년간의 직장생활을 마무리하고 싶었고,

그동안 읽었던 여러 종류의 책을 통해 얻게 된 지식과 느낌을 정리하고도 싶었다. 가족과 함께 전국을 두루 다니며 경험한 아름다운 추억과 사례를 회상하면서 나 자신만의 세계와 가치관을 좀 더 체계적이고 정확하게 기록하고자 하는 목적도 있었다. 이 책을 통해 다른 이들과 생각을 나누고 싶다.

2020년 3월

신상철

차례

3장 인생은 시간이다

4장 말을 잘하면 성공한다

8장 팔도 여행기

1장

외모가
곧
경쟁력이다

☼

내 이름은
루키즘(Lookism)

2015년도 한국갤럽조사에 따르면, 외모와 관련된 내용의 설문조사에서 응답자의 86%가 '인생에 있어서 외모는 중요하다'고 응답했다고 한다. 그 중 '외모가 매우 중요하다'고 답한 사람은 25%, '어느 정도 중요하다'고 답한 사람은 61%, '별로 중요하지 않다'고 답한 사람은 13%, '전혀 중요하지 않다'고 답한 사람은 1%에 불과했다. 중요하다고 응답한 그룹의 경우 남성(82%)보다 여성(91%)이 약간 높았다.

'루키즘'이란 외모지상주의를 뜻하는 말로서 외모가 개인의 우열을 결정하며 인생에 큰 영향을 미친다는 가치관이나 사회적 풍토를 표현하는 의미로 쓰인다.

모든 판단의 기준을 외모와 관련하여 단정 짓는 것은 자칫 편견과 차별화를 조장하는 부정적인 면도 없지 않다. 그러나 보편적으로 호감 가는 이미지를 지닌 사람에게 관대하고 호의적인 태도를 보이는 것이 인지상정이다.

젊은 사람에겐 색 바랜 찢어진 청바지도 잘 어울리고, 옷을 뒤집어 입어도 흠이 되지 않지만 나이 들면 차림새에 신중해야 한다. 사회적 지위에 걸맞게 복장을 갖추는 것은 단순히 '멋있다'는 데 그치지 않고, 인품과 신뢰에 영향을 주기도 하고 원활한 대인관계 있어서도 긍정적으로 작용한다.

'자기관리' 내지는 '자기개발'과 관련된 책을 읽다 보면 '이미지테크(Image Technique)' '이미지마케팅'과 같은 용어들을 많이 접하게 된다. 그런데 '이미지테크'의 핵심은 '이미지가 실체를 만든다.'는 전제를 두고 있다. '이미지테크'는 '나는 어떤 이미지를 갖고 싶은가?' '내가 원하는 이미지는 어떤 것인가?'에 대한 의문에서 출발하여 '나는 이런 사람이다.' '나는 이런 사람이 되고 싶다.'라는 자기 이미지를 머릿속에 그려놓고 표정, 패션, 언어, 몸짓, 목소리와 같은 외적 이미지를 변화시킴으로써 내적인 이미지를 형성하는 처세술의 한 방법이다.

즉 '이미지테크'는 자신의 부가가치를 극대화하기 위해 외적 이미지를 때, 장소, 상황(TPO: Time, Place, Occasion)에 맞도록 설정하고 이를 적절하게 활용하는 총체적 기술에 해당한다고 볼 수 있다.

필자는 목욕탕에 갈 때도 면도를 하고 넥타이를 맨 정장차림
으로 간다. 목욕탕이 대중교통을 이용하거나 승용차를 이용해
야만 하는 먼 거리에 있는 것도 아니다. 잠자리에서 일어나 대
충 간편한 옷으로 갈아입고 슬리퍼나 운동화를 신고 모자를 쓰
고 가도 전혀 불편함이나 어색함이 없는 장소가 목욕탕이다. 더
구나 걸어서 5분이면 충분한 아주 가까운 거리에 있다.

집 안에서는 반바지에 속옷 수준의 아주 간편한 복장으로 생
활하지만 동네 편의점에 갈 때는 반드시 바지로 갈아입고 슬리
퍼 대신 운동화로 바꿔 신고 간다.

이처럼 번거로움이 있음에도 그것을 감수하고 밖에 나갈 때는
전혀 다른 사람으로 변신하는 데에는 그만한 이유가 있기 때문
이다.

※

갖춰 입은 정장은
신뢰감을 준다

항해 중 배가 좌초되어 무인도의 정글에 갇혀 생사기로에 있을 때, 또는 건물에 화재가 발생하여 모두 우왕좌왕하며 끝이 안 보일 때, 어떤 사람의 지시에 따르고 누구를 따라가야 위험에서 벗어날 수 있을까?

경험 많아 보이는, 예컨대 턱수염을 기른 연장자를 따라가야 할지, 초롱초롱한 눈빛을 가진 지혜로워 보이는 젊은 청년을 따라가야 할지, 아니면 고급 넥타이를 매고 정장을 잘 갖춰 입은 중년신사를 따라가야 안전할지 고민스럽다. 개그맨 김병만 같은 사람을 만난다면 최고의 행운이겠지만 그렇지 않은 경우라면 누구든 선택은 쉽지 않다.

그런데 사람들은 상대방이 입은 복장에 따라 신뢰감을 갖기도 하고 그렇지 않기도 하다. 이는 다음 사례에서 확인할 수 있다.

▶ **권위는 복장에서부터 출발한다.**

1995년 미국 텍사스대학교에서는 합법적인 권위와 복장이 주는 인간의 심리를 연구하는 실험에서 횡단보도의 빨간 신호등에 길을 건널 때, 캐주얼 차림보다 정장차림으로 건넜을 때 따라오는 사람이 350% 더 많았다고 한다.

'프로페셔널리스트(Professionalist)'다운 갖춰진 정장이 다른 사람들에게 신뢰감을 주고 합법적인 권위에 무의식적으로 복종하려는 의무감을 갖기 때문이라는 것이 심리학자들의 공통된 견해다.

▶ **사회적 지위가 인격이다.**

미국의 스탠퍼드대학교 교수이자 심리학자 짐바르도는 '환경이 인간에게 미치는 영향'을 연구할 목적으로 범죄 경험이 없는 평범한 시민 24명을 선발하여, 9명에게는 죄수복을 입혀 죄수의 역할을 하게 하고, 9명은 교도관의 역할을, 나머지 6명에게는 대기자의 역할을 하게 하였다.

실험은 2주 정도 진행할 예정이었으나 교도관들은 죄수들에게 화장실 가는 것조차도 엄격하게 통제하고 심지어는 신체를 학대하는 일까지 발생했다. 이를 견디다 못한 죄수들은 교도관을 모욕하기도 하고 심지어 탈옥을 시도하는 바람에 교도관들은 이를 무력으로 진압하는 사태가 발생하여 5일 만에 실험을 중단했다고 한다.

훗날 이 스탠포드감옥 실험이 조작되었다는 의혹이 제기되기도 했지만 환경과 주어진 사회적 위치에 따라 인간은 얼마든지 변할 수 있다는 가능성에 대해서는 완전히 배제할 수 없다고 본다.

▶ 백의를 입어야 천사가 된다.

한 연구기관에서는 '제복의 효과와 인간의 내면적 심리'를 연구하기 위해 여학생들에게 간호사를 상징하는 흰색 가운과, 테러집단을 상징하는 검은색 가운을 각각 입게 한 뒤 같은 공간에서 대기하게 했다. 그런 다음 퀴즈를 내어 답을 맞히지 못한 학생에게는 1~6단계의 전기충격을 주는 시험을 했다.

그 결과 실험에 참여한 사람들은 간호사 옷을 입은 여학생이 틀린 답을 말했을 때에는 전기쇼크가 적은 레버를 당기고, 테러집단의 검정색 옷을 입은 여학생들이 답을 틀리면 더 높은 단계의 충격레버를 당겼다고 한다.

▶ 정장을 입지 않은 직원은 No!

미국의 컴퓨터 제조회사인 IBM은 직원들이 반드시 정장을 입고 근무해야 한다. 우리나라 모 항공회사에도 직원들이 청바지를 입거나 샌들을 신고 출근하면 안 된다는 내부규정을 두고 있다고 한다. 이런 규정에 대해 회사가 개인의 출퇴근 복장까지도

관여하고 감독할 권한이 있는지, 아니면 인간의 기본권과 자율권을 침해하는 부당한 규정인지를 놓고 인터넷 누리꾼들이 크게 관심을 보인 적이 있다.

직원들의 적지 않은 불만이 있음에도 불구하고 그런 내부복장 규정을 두고 있는 회사의 입장은 개인의 취향이나 편리성, 실용성보다는 그 회사의 이미지와 자부심, 그리고 품격과 브랜드가치가 더 중요하다고 판단했기 때문일 것이다.

요즘은 대중교통보다 승용차를 이용하기 때문에 복장에 대해 크게 신경을 쓰지 않아도 된다고 판단해서인지 등산복 차림으로 출퇴근하는 사람을 종종 목격하게 된다. 그러나 양복에 넥타이 매고 휘파람 불며 출근하는 기간은 길어야 30년이다. 퇴직 후 등산복을 입을 기회는 얼마든지 있다.

▶ 회사의 이미지는 내가 만든다.

필자는 한 단독주택에서 20년 가까이 살고 있다. 그러다 보니 이웃 사람들과 소통의 기회를 자주 갖게 된다.

바로 옆집에 이름만 들어도 누구나 알 수 있는 대기업에 근무하는 사람이 몇 년 전 새로 이사를 왔다. 40세 후반쯤 되어 보이는 그 사람이 아침에 일어나자마자 제일먼저 하는 일은 밤사이 행인들이 집 주변에 버리고 간 담배꽁초 등 쓰레기를 규격봉투에 담아 버리는 일이라고 했다. 또 겨울에 눈이라도 내리는 날

듣기만 해도 가슴 뛰는 말

이면 새벽부터 일어나 눈을 쓸고 도로에 모래를 뿌리는 모습을 자주 보게 된다.

어느 날 나는 그 사람과 점심식사를 함께 하면서 그 이유에 대해 조용히 물어볼 기회가 있었다. 겸연쩍은 듯 미소지어보이며 하는 그의 대답은 이러했다.

"누가 나더러 집 앞의 쓰레기를 치워야 한다고 시켜서도 아니고, 자기 집 앞의 눈은 반드시 집 주인이 치워야 한다는 조례 때문만은 아니다. 단지 내가 다니고 있는 직장에 대한 이미지관리 차원에서 하는 행동일 뿐이다."

물을 한 잔 마신 그는 말을 계속 이어갔다.

"동네사람들은 내 이름이 무엇이고, 내 나이가 몇 살인지는 모른다. 그런 개인정보에 대해서는 관심도 없고, 별로 중요하게 생각하지도 않는다. 다만 내 직업이 무엇이고, 어디서 무슨 일을 하고 있는 사람인지에 대해서는 굳이 공개하지 않았어도 사람들의 입을 통해 알음알음 알고 있는 것 같다.

만약 내 집주변에 쓰레기가 버려져 있어도 그대로 방치한다거나 눈이 쌓여있어도 치우지 않는다면 동네사람들은, 저 사람 어디 다니고 있다고 들었는데 엄청 게으르네, 하며 '나'라는 자연인을 욕하기보다는 내가 다니고 있는 직장이름이 먼저 입에 오르게 된다. 반대로 내가 집주변을 깨끗이 정리하고 마당에 꽃화분이라도 한 개 가져다 놓는다면, 사람들은 이렇게 얘기하며 지나갈 것이다. '저 사람 어느 회사에 다닌다며?'"

긴 시간 동안 자세 한번 흐트러짐 없이 진지하게 얘기하는 그 사람의 말을 듣는 내내 나는 감동과 공감을 표시했고 '내가 참 좋은 이웃을 만났구나.' 하는 생각에 흐뭇한 시간을 가질 수 있었다.

'타산지석(他山之石)'이라는 말이 있다. 또 '인격이란 그 사람이 지금까지 보여준 이미지의 총체'라고 한다. 직장의 이미지든, 개인의 인격이든, 누가 대신 만들어 주거나 돈을 주고 살 수 있는 것이 아니다. 자신과 조직원 전체가 각자의 위치에서 사소한 것부터 시작하여 스스로 만들고 관리할 때 비로소 만들어지는 것이다.

IBM과 항공회사가 직원들에게 정장을 갖춰 입도록 원칙과 내부규정을 두고 있는 이유도 이와 같은 맥락이 아닐까 생각한다.

☀

잘 입은 거지는
얻어먹어도
못 입은 거지는 굶는다

우리나라 속담에 '잘 입은 거지는 얻어먹어도 못 입은 거지는 얻어먹지 못한다.'는 말이 있다. 이미지와 관련하여 아주 적절하게 비유한 명언 중의 하나다.

미국의 한 이미지 컨설팅사에는 직장인들이 갖추어야 할 자세와 바람직한 모델을 제시하고 있는데 그 중 몇 가지 사례를 들어보자.

버스정류장에서 지나가는 사람들에게 '지갑을 잃어버렸다. 버스비를 좀 보태 달라'고 부탁하는 상황을 설정해 놓고 실험을 해보았다. 그 결과 정장을 입고 부탁했을 경우에는 한 시간 동안 34달러 얻었지만, 똑같은 사람이 캐주얼 차림을 하고 부탁했을 경우에는 겨우 8달러를 얻었다고 한다.

실험에 참가한 100여 명의 사람들에게 상류층이 즐겨 입는 고급 옷을 입힌 뒤, 다른 손님들과 동시에 호텔 안으로 걸어 들어오도록 하는 실험에서는 손님들의 94%가 고급 옷을 입은 사람에게 먼저 들어가도록 양보했다. 반면에 허름한 옷을 입힌 뒤 똑같은 시험을 한 결과 손님의 82%가 양보를 하지 않았으며, 심지어 5%는 허름한 옷을 입은 실험참가자에게 욕설을 하는 경우도 있었다고 한다.

대기업에 근무하는 200명의 신입 사원들을 대상으로 100명에게는 긴팔와이셔츠를 입게 하고, 다른 100명에게는 반팔와이셔츠를 입고 출근하게 하였다. 한 달 후 이들을 대상으로 출근 실적을 조사해 본 결과, 긴팔와이셔츠를 입게 한 그룹은 지각이나 결석이 거의 없었는데 비해 짧은 셔츠를 입은 그룹은 지각과 결석이 잦았다고 한다.

어쩌면 이런 사례들은 이미 실험의 목적과 방향을 정해놓고 실험자가 원하는 결과를 기대하고 그 결과에 대해 정당화하기 위한 극단적 수단이라고 평가할 수도 있고, 정반대의 연구결과를 들어가며 사례의 오류를 반박할 수도 있겠지만 눈에 보이는 외형적인 조건에 따라 타인으로부터 '어떤 평가와 어떤 대우를 받느냐'가 결정되고, '외면이 내면을 지배하고 우선한다.'는 현실적 상황과 논리에 대해서는 매우 공감한다.

정장은 출퇴근할 때만 입으면 되는 것이 아니다. 오히려 집 가까운 곳에서 친구 또는 후배들과 함께하는 마음 편한 회식자리에 갈 때 더 잘 갖춰 입어야 한다. 중학교 다니는 내 자녀의 친구들이 흐트러진 자세로 비틀거리는 나를 알아볼 수도 있고, 술자리를 마치고 혼자 집으로 돌아오는 도중에 과음 또는 예상치 못한 갑작스런 건강상의 문제로 길에서 쓰러지는 상황이 발생한다면 그 옆을 지나가는 사람들은 허름한 등산복 차림에 슬리퍼를 신고 누워있는 사람보다 양복 입은 사람을 먼저 흔들어 깨우고 구급차를 부르기 때문이다.

☀

품질보다
디자인이 아름다운 제품이
더 잘 팔린다

소비자들로부터 마음을 얻고 선택받으려면, 일단 품질보다 눈에 잘 들어오고 아름답게 보이도록 만드는 것이 먼저이다.

어느 심리학자는 똑같은 성분의 세제를 노란색, 파란색, 노란색에 파란색이 조금 들어간 세 가지 종류의 용기에 넣은 뒤 주부들로 하여금 사용토록 한 후 그 반응을 모니터링했다. 그 결과 노란색과 파란색을 조합한 세 번째 용기에 넣은 세제의 선호도가 가장 높았다고 한다. 응답자들은 그 까닭으로 노란색 용기의 세제는 '옷감을 망가뜨릴 위험이 있다'고 했고, 파란색 용기의 세제는 '때가 잘 지워지지 않았다'고 답변했다.

고급 양주병에는 값싼 양주를 넣고 싸구려 양주병에는 고급 브랜드의 양주를 넣은 뒤, 어느 것이 진짜인지를 구별하도록 하는 시험에서도 대부분의 사람들은 고급 양주병에 들어있는 술이

'진짜'라고 믿었다고 한다. 이렇듯 소비자들이 물건을 고를 때 그 제품의 기능이나 합리적인 면보다 물건을 담은 그릇이나 포장의 디자인에 따라 선호가 결정되는데, 이런 현상을 심리학에서는 '비합리적 성향'이라고 한다.

우리가 일상생활에서도 매장에서 옷을 고를 때 일단 디자인과 색깔이 마음에 들면 다른 결점은 눈에 들어오지 않는다. 집에 도착해서 다시 입어보고는 비로소 팔이 길거나, 허리가 너무 좁거나, 바느질에 하자가 있는 것을 발견하고는 환불을 하든지, 아니면 돈 주고 다시 수선해서 입는 경우를 종종 경험하게 된다.

제품에 있어서 기능과 안전성, 수명은 소비자에게나 제품을 생산한 기업에게도 매우 중요하다. 그러나 전문가가 아닌 이상 소비자들은 그 제품에 들어있는 재료가 무엇이고, 어떤 작업공정을 거쳐서, 어떻게 만들어지는지 잘 모른다. 또한 구입단계에서는 그런 기술적인 부분까지도 판단한다는 것은 쉬운 일이 아니다. 일단 제품을 사용해본 후에야 장단점을 판단하게 되는데 소비자의 판단과 선택에 한발 앞서 새로운 디자인과 기능을 가진 신제품이 등장하기 때문에 소비자들은 제품의 컬러와 디자인에 의존할 수밖에 없는 것이 현실이다.

기업에서 제품을 광고할 때 전문가보다 유명연예인을 선호하는 이유도 그와 무관하지 않다. 의류나 화장품 같은 소비제품은 그렇다 치더라도 안전성을 최우선으로 해야 하는 승용차를 광고할 때도 미모가 뛰어난 레이싱모델을 등장시킨다.

소비자를 우롱하거나 현혹시키려는 의도는 분명 아니다. 다만 신제품을 소비자들에게 첫선을 보이는 상황에서 차별화된 광고를 통해 소비자들의 기대심리를 자극하고 그 자극이 매출에 영향을 주기 때문에 그만한 가치가 있다고 판단하기 때문일 것이다.

듣기만 해도 가슴 뛰는 말

※

3초 만에
스캔할 수 있는 능력

외모와 첫인상의 중요성을 강조하는 저서와 보고서들은 헤아릴 수 없을 만큼 많다. 시간을 절약하고 잘 활용하는 것이 성공의 비결이듯, 자신의 이미지를 어떻게 관리하고, 어떻게 하면 상대방에게 좀 더 호감 가는 인상을 줄 것인지, 어떻게 하면 다른 사람과는 차원이 다른 경쟁력을 갖출 수 있을 것인지에 대해 많은 사람들이 끊임없이 연구한다.

사람들의 이미지에 영향을 미치는 요소는 복장, 헤어스타일, 눈빛, 목소리가 대부분을 차지하고, 상대방의 첫인상을 파악하는 데 걸리는 시간은 보통 30초에서 45초 정도라고 한다. 어떤 학자는 첫인상을 형성하는 데는 불과 3초 정도면 충분하다고까지 했다.

어떻게 그 짧은 시간에 상대방의 이미지를 모두 파악할 수 있을까? 이유는 간단하다. 사람의 두뇌는 먼저 제시된 정보가 나중에 들어온 정보보다 더 비중 있고 강렬한 영향을 미치게 되는데, 이런 현상을 '초두효과'(Primacy Effect)라고 한다. 첫인상에서 받은 느낌과 생각이 그 사람의 대표적인 이미지로 생성되기 때문에 처음 만났을 때 '키가 크고, 잘 생겼다.'는 인상이 형성되고 나면 그 후에 인지하게 되는, '값비싼 고급 손목시계를 차고 있고, 착하게 생겼다.'는 등의 이미지는 애써 기억하지 않는 한 강한 인상을 남기지 못한다는 것이다.

회사에서 신입사원을 채용할 때 면접을 중요시하는 데에는 나름의 이유가 있다. 일단 서류심사와 필기시험을 거쳐 최종면접을 보게 되는, 이른바 예비사원이라면 직무와 관련된 전문자격증 외에도 정보화 능력, 외국어 능력, 유사경력 등 기본 능력을 모두 갖추고 있기에 어느 정도 검증을 거쳤다고 볼 수 있다.

그렇다면 채용 결정에 앞서 면접관이 확인하고 싶은 것은 무엇일까? 여러 가지 질문을 통해서 교양, 지혜, 재치, 유머감각 등을 확인하기도 하지만, 궁극적인 목적은 첫인상을 통해서 응시자가 과연 우리 회사의 이익을 위해 일할 직원으로서 손색은 없는지, 유연하고 창의적인 마인드로 조직의 분위기를 이끌어 갈 수 있는지, 우리 회사의 이미지에 적합한 인물인지를 파악하기 위함일 것이다.

'신언서판(身言書判)'이라는 말이 있다. 당나라에서 인재를 등용할 때 용모, 말솜씨, 글재주, 판단력, 등 네 가지 조건을 기준으로 삼았다고 하는데, 우리나라 조선시대에도 나라에서 인재를 등용할 때 그 기준에 부합하는 인물을 선발했다고 한다.

오늘날 기업에서 신입사원을 선발할 때 전문지식이나 실무능력이 중요한 기준이 되겠지만 사회성과 친화력을 갖추고 조직의 활성화에 기여할 수 있는 인재를 더 선호한다.

네 가지 조건 중에서도 특히 중요한 것은 '용모'다. 인간은 생각하는 동물이기에 어떤 대상에 대해 지각하고, 판단하고, 결정하는 데 모순과 오류가 작용할 수밖에 없다. 하나의 특성을 전체의 특성으로 판단하는 '지각오류', 최근에 주어진 정보와 나중에 주어진 정보를 서로 비교하여 판단하는 '대비효과', 옷차림이나 외모 등 일부의 특징을 기초하여 인격, 태도, 능력 등 전반적인 인상을 형성하는 '후광효과'가 대표적인 예이다. 이런 오류를 여과 없이 인정하거나 정당화해서는 안 되지만 완전히 부정하거나 신기루에 불과하다며 무시할 수도 없는 것 또한 현실이다.

요즘 젊은 사람들은 취업을 앞두고 면접시험에 대비하기 위해 쌍꺼풀 수술도 하고, 시력 나쁜 사람은 라식수술도 하고, 낮은 코를 높이기도 한다. 물론 젊은이들이 이토록 철저하게 자기관리를 하는 이유는 취업뿐만 아니라 배우자를 선택함에 있어 경쟁력을 높이기 위해서다.

외출을 위해 준비하는 일반적인 작업과정을 '화장'이라고 표현한다면 첫인상을 아름답고 돋보이기 위한, 단순비교에서 우위를 차지하기 위한, 경쟁에서 선택받기 위한 목적으로 외모를 다듬고 꾸미는 일체의 행위와 과정은 화장이 아니라 특정의 드라마가 추구하는 콘셉트와 역할에 가장 적합하도록 설정한 연기자로서의 준비된 '분장'이라고 부르는 것이 더 적절한 표현이 아닐까?

※

인생이 힘들거든
얼굴을 고쳐라

▶ 클레오파트라의 높은 코

이집트 여왕 클레오파트라는 빼어난 외모 덕분에 주변국가의 침략으로부터 나라를 구했다. '왔노라 보았노라 이겼노라' '주사위는 던져졌다' 등 유명한 말을 남긴 로마의 장군 카이사르가 이끄는 군대가 이집트 수도까지 진격하자 위기감을 느낀 클레오파트라는 자신의 몸을 양탄자로 호화스럽게 포장한 채 카이사르에게 선물로 배달했다. 그 덕분에 클레오파트라 자신뿐만 아니라 전쟁에서 패한 이집트 백성들도 패전국이 당하는 처절한 살육으로부터 피할 수 있었다.

프랑스 철학자 파스칼은 그의 작품 '팡세'를 통해서 "클레오파트라의 코가 조금만 낮았더라면 세계의 역사는 달라졌을 것이다."라고 했다.

클레오파트라는 빼어난 미모뿐만 아니라, 여러 나라의 언어를 유창하게 구사할 수 있는 탁월한 외교능력과 지성미를 갖춘 그 시대 최고의 미녀였다. 특히 목소리가 너무 아름답고 관능적이어서 그녀의 말 한마디에 안토니우스와 카이사르 같은 로마의 영웅들은 속절없이 무장해제 되었다고 전해진다.

▶ 세상에서 가장 아름다운 여인

그리스 신화에 나오는 '트로이 전쟁'의 원인과 배경에는 눈부실 만큼 아름다운 여인 헬레나가 등장한다. 그리스와 트로이를 통틀어 그 시대 최고의 미녀였던 헬레나를 사이에 두고 두 나라는 무려 9년 동안 서로 뺏고, 빼앗기는 전쟁을 하게 되는데 트로이가 함락되기 직전 신전을 지키는 사제들조차도 "저런 미녀를 위해서라면 싸울 만한 가치가 있다."고 말할 정도였다고 하니 헬레나는 가히 짐작조차 할 수 없을 만큼 아름다운 여인이었음에 틀림없다.

트로이 전쟁의 배경에 대해 잠시 소개하자면, 그리스에서 가장 높은 올림포스 산에는 태양의 신 제우스와 신들의 여왕인 헤라를 비롯하여 많은 신들이 함께 살고 있었다. 중요한 결혼식이 열리던 어느 날 불화의 여신 에리스만 초대받지 못하자, 이에 분노한 에리스는 '가장 아름다운 여신에게'라고 적힌 황금사과를 연회장에 던진다. 그 후 연회장은 순식간에 혼란에 빠지게 된다.

　모든 여신들이 자신이 가장 아름다운 여신이라고 자처하며 황금사과를 갖고 싶어 했지만 결국 선택권은 질투의 화신 헤라, 미의 여신 아프로디테, 제우스로부터 가장 총애를 받고 있던 국가수호신 아테나 세 여신으로 좁혀졌다. 세 여신은 황금사과를 들고 제우스를 찾아가 누가 가장 아름아운 여신인지, 이 황금사과의 주인이 누구인지 심판해 달라고 요청했지만 여인들의 심리를 누구보다도 잘 알고 있던 제우스는 여신들이 원망에 휘말리는 것을 피하기 위해 파리스에게 물어보라고 한다.

　'파리스'는 트로이의 왕자였지만 장차 나라를 망하게 할 인물이라는 신탁의 예언 때문에 어려서부터 궁에서 쫓겨나 양치기로 살고 있었다. 헤라는 파리스에게 판결의 보답으로 나라와 권력을 주겠다고 제안했고, 아테나는 군사와 힘을, 아프로디테는 세상에서 가장 아름다운 여인을 아내로 맞이할 수 있도록 해주다고 제안했다. 세 여신이 파리스에게 제안한 내용은 모든 남자들이라면 누구든 뿌리칠 수 없는 최고의 조건이며 황홀한 유혹임에 틀림없다. 고민 끝에 파리스는 아프로디테의 제안을 받아들였고, 약속한 대로 그리스에서 가장 아름다운 여인 헬레나를 아내로 얻게 된다.

　한편 파리스가 헬레나를 데리고 트로이로 떠나자 그리스 사람들은 분노했고, 파리스는 그리스의 모든 남자들로부터 공공의

적이 되었다. 그리고 파리스의 선택 결과는 트로이전쟁의 도화선이 됨으로써 오늘날 '파리스의 심판'은 '판도라의 상자'와 함께 불행의 서막을 알리는 상징적 표현으로 사용되고 있다.

세계역사상 미녀를 차지하기 위한 전쟁은 위 두 가지 사례만 있는 것은 아니다. 우리나라와 중국 역사 속에도 미녀와 관련된 사건들은 수도 없이 많다.

쇼펜하우어는 "여자가 아름답다고 하는 것은 단지 성에 눈먼 남자들의 착각이다."라고 말했다. 또 불교에서는 '색즉시공 공즉시색(色卽是空 空卽是色)'이며, '오온개공(五蘊皆空)'이라 하였다. 인간의 눈에 보이는 것은 모두 실체가 없는 무상한 것이며, 보고, 듣고, 냄새 맡고, 맛보고, 피부로 느끼는 것 또한 본질이 아닌 허상에 불과한 것이니 겉으로 보이는 것을 경계해야 한다고 가르친다. 눈에 보이는 것이 전부가 아닌 것은 당연하겠지만 중생들의 눈에는 그것이 전부인 양 느껴지니 어찌하랴?

미국의 한 법정 실험결과에서도 첫인상에 따라 형량이 최대 5년까지 감형되었다고 한다. 뿐만 아니라 성직자의 외모에 따라 신도가 늘어나기도 하고 줄어들기도 하는 등 신성의 영역인 종교에서도 신도 수의 증감과 출석률에도 적지 않은 영향을 미치는 게 오늘날의 현실이다. 이미 우리는 그 현실을 무시할 수 없을 만큼 색(色)의 세계에 깊이 들어와 있는 것이다.

티베트의 정신적 지도자 달라이라마께서는 "당신이 행복하지 않다면 집과 돈과 명예가 무슨 의미가 있겠는가, 당신이 이미 행복하다면 그것들이 또한 무슨 의미가 있겠는가?"라고 말씀하시면서 행복의 조건은 보이는 것, 내가 가지고 있는 것, 누군가가 가져다주는 것이 아니라 온갖 유혹으로부터 흔들림 없는 고요함, 욕심을 버리고 만족할 줄 아는 평화로움이 진정한 행복이라고 강조하셨다.

필자는 이 책을 통해서 행복의 기준과 인간이 마땅히 갖추어야 할 행복의 조건을 제안하고자 함은 아니다. 또 이상과 현실에서 갈등하는 사람들에게 이정표를 제시하려는 오만도 아니다. 다만 현실에서 요구하는 것이 무엇인지, 경쟁력을 갖추기 위해서는 무엇이 필요한지, 내가 선택받고, 나를 돋보이게 하고, 나의 존재감을 호소하기 위한 방법은 어떤 것들이 있는지를 말하고 싶을 뿐이다.

조사기관마다 약간의 차이는 있지만 우리나라 중장년층을 대상으로 설문조사한 결과 '나이 들어 후회하는 것들' 중, '공부하는 데 게으름을 부렸던 것'과 더불어 많은 사람들이 '자신의 몸을 사랑하지 않은 것'을 꼽기도 했다.

술과 담배 등 건강에 이롭지 않은 음식을 절제하고 과도한 노동으로 몸을 혹사시키지 않는 것만이 자신을 사랑하는 방법이 아니라 돈을 더 지불하더라도 자신에게 잘 어울리는 옷을 입는 것, 향기 좋은 비누를 쓰고, 좋은 칫솔과 치약을 쓰는 것 등 사소한 배려도 자신의 몸을 아끼고 사랑하는 방법이다.

▶ 삶이 고달프면 관상을 바꿔야 한다.

'사주불여관상(四柱不如觀相), 관상불여심상(觀相不如心相)'이라는 말이 있다. 사주가 아무리 좋아도 관상의 중요함만 못하고, 관상이 아무리 좋아도 마음씀씀이만 못하다는 뜻이다.

하지만 현재 내가 무슨 생각을 하고 있고, 어떤 일을 하고, 어디가 아픈지 고스란히 눈과 얼굴에 나타나게 되니 관상과 심상이 따로 분리되어 있는 것이 아니라 '관상이 곧 심상이요, 심상이 곧 관상'이라고 할 수 있겠다.

관상은 어릴 때부터 가지고 태어나는 것이 아니다. 살아가면서 만나게 되는 사람들과의 인연, 교육, 환경에 따라 수시로 변한다. 늘 짜증내고 화내고 모든 것을 부정적으로 생각하는 사람의 관상을 보면 삶이 무척 고달파 보인다. 항상 웃는 얼굴과 긍정적인 생각으로 주변사람들에게 유쾌함과 에너지를 선물하는 사람은 하는 일도 술술 잘 풀리고 행운도 따른다.

인생이 힘들거든 관상을 바꿔보자. 생각과 행동을 바꿈으로써 점차 바뀌게 되는 내면적 관상이 으뜸이며 좋은 관상을 얻는 최고의 방법이지만, 만약 그렇게 하기 힘들다면 성형수술을 하는 것도 하나의 방법이 될 수 있다. 외면을 통해 내면을 바꾸는 '이미지테크'와 같은 맥락이라고 생각하면 된다. 얼굴이 바뀌면 운명도 바뀐다. 그리고 바꿔야 할 것은 얼굴만 있는 게 아니라 말하는 습관, 걸음걸이, 목소리도 바꿔야 할 대상에 속한다.

※

이름이
마음에 들지 않으면
병이 된다

'호랑이는 죽어서 가죽을 남기고 사람은 죽어서 이름을 남긴다.'고 했다.

우리가 문구점에서 볼펜을 구입하기 전 성능을 시험해보고자 할 때 대부분의 사람들은 자신의 이름을 써본다. 또 자신만의 독특하고 멋진 사인을 만들기 위해 수십 장의 종이를 낭비한 경험도 있다.

이름은 사람에게만 주어진 특권이 아니다. 살아있는 생명체든 공장에서 생산되는 제품이든 존재하는 모든 것에는 고유의 이름이 있다.

상품이 소비자로부터 선택받고 회사의 이익을 위해 장기간 존재하려면 좋은 이름은 필수적이다. 그런 이유에서 회사에서는 신제품을 출시하기 전에 '어떤 이름을 붙일 것인가?'에 대해 많은 시간과 노력을 아끼지 않는다. 사내직원들을 대상으로 공모하기도 하고 돈을 들여 전문기관에 의뢰하기도 한다. 경제학회와 컨설팅사에서는 매년 100대 브랜드를 선정하여 발표하고 시상식도 갖는다.

짧게는 몇 년 길게 잡아야 40~50년 존재하는 공장제품도 이러할진대, 백년 가까운 오랜 세월을 살아야 하는 인간에게 있어 이름은 절대적으로 중요하다.

아이가 태어나기 전부터 부모님이나 집안 어르신들이 미리 이름을 지어놓기도 하고 철학관이나 작명소에서 사주를 역학적으로 풀이하여 귀한 자녀가 고생을 덜하고 오직 꽃길만 걷기에 가장 적합한 이름을 짓기도 한다.

요즘 젊은 부부들은 자녀의 이름을 지을 때 예쁘고 부르기 쉬운 이름을 선호하지만 유교문화와 전통을 중시하던 가문에서는 대를 이을 아들의 이름을 지을 때는 음양오행의 원리를 엄격하게 적용했다.

항렬에 따라 돌림자를 정하고 돌림자에 들어가는 한자(漢字)는 반드시 5행(木·火·土·金·水)의 순서에 따르도록 했다. 즉 성(姓)을 뺀 이름 첫 자에 목(木) 자가 들어가면 다음 세대의 두 번째 한자에는 화(火)가 들어가고 그 다음 세대의 첫 번째 한자에는 토(土)가 들어가도록 했다.

이런 식으로 5대가 반복 순환하면서 이름을 짓게 되는데 그 이유는 나무는 불과 상생하고, 불은 흙과 상생하고, 흙은 금과 상생하고, 금은 물과 상생하고 물은 나무와 상생한다는 5행의 원리에 따른 것이다.

필자의 견지에서 볼 때 지금까지 세상에 태어나면서 붙여진 이름 중에 가장 잘못 지어진 이름은 '일회용종이컵'이다. 지금은 '일회용'을 빼고 그냥 종이컵이라고 부르지만 처음 세상에 나왔을 때는 일회용종이컵이었다. 그러다 보니 사람들은 아무 생각 없이 한번만 쓰고 미련 없이 모두 버렸다. 이름이 일회용이거늘 두 번 사용할 이유가 없었던 것이다.

잘못 지어진 이름 때문에 종이컵은 그렇게 사람들의 손에서 3분 정도만 머물다가 속절없이 휴지통으로 사라져 갔다. 환경오염문제가 대두되면서 요즘은 일회용을 모두 없애는 추세지만 우리 주변에는 아직도 일회용이 판치고 있다.

연예인들 중에는 예명을 사용하는 경우가 많다. 과거에는 부모님의 반대 때문에 본명을 사용하지 못한 경우도 있다지만, 요즘은 예능에 잘 어울리는 독특한 이름을 갖기 위해 이름을 바꾸기도 한다.

스님들께서도 출가하면 속세의 이름을 버리고 법명 또는 법호를 사용한다. 속세와 관련된 모든 인연을 다 내려놓고 오직 새로운 삶을 살아가고자 하는 의지의 표현일 것이다.

만약 본인의 이름 때문에 놀림거리가 된다거나 마음에 들지 않으면 과감하게 바꿔보는 것도 운명을 바꾸는 한 방법이 될 수 있다. 이름에 자신감이 없으면 나도 모르게 어깨가 움츠려들고 소극적이게 된다. 마음에 들지 않는 이름 때문에 평생 콤플렉스를 가지고 살아야 할 필요는 없다.

옛날에는 이름을 바꾸려면 가정법원에서 재판을 통해서만 가능했지만 요즘은 그리 어렵지 않다고 한다. 이름을 바꾸는 절차가 번거롭거나 불가능하다면 본명 대신 예명을 사용하는 것도 한 방법이다.

그리고 이왕이면 돈을 주고서라도 작명소에 가서 짓기를 권한다. 한문으로 쓰거나 영문으로 표현해도 얼마든지 부르기 쉽고 예쁘게 지을 수 있다.

☀

우성이
오래 살아남는다

우주의 궁극적 목적과 가치는 적절한 균형을 통한 공존과 연속성에 있다. 그것을 '항상성'이라고 한다. 항상성이 잘 유지되면 생명은 계속 진화 발전하고 지속되지만 그렇지 못한 경우 큰 피해를 입거나 소멸하게 된다.

인간은 모여서 코드가 맞는 사람들끼리 조직을 만들고, 동물은 끼리끼리 무리지어 생활하고, 식물은 군락지를 만들며 살아간다. 무리 지어 생활하는 가운데 자연스럽게 서열이 정해지고 조직을 이끌어나갈 리더를 필요로 하게 되는데 이런 일체의 행위는 좀 더 안전하고, 우성을 보전하고 유지하기에 적합한 환경을 스스로 만들어가기 위한 본능적 선택이다.

천적으로부터 자신의 몸을 보호하기 위한 수단으로, 더 많은 먹이를 차지하기 위한 생존의 방법으로, 번식을 통한 종족의 유

듣기만 해도 가슴 뛰는 말

지와 확대를 위한 목적으로 자연과 인류는 진화했으며 지금도 진행 중이다.

카멜레온은 천적으로부터 몸을 보호하기 위해 위장술을 쓰기도 하고, 두꺼비는 짝짓기에서 좀 더 우위를 차지하기 위해 몸집을 크게 부풀리기도 한다. 꿩은 암컷을 맞이하기 위해 자신의 둥지를 깨끗하게 청소해 놓고, 공작은 암컷을 유혹하기 위해 아름답고 화려한 깃털로 끊임없이 축제를 연다.

동물들의 이 같은 몸부림은 인간세계에서도 크게 다르지 않다. 옛날에는 가족을 지키고 먹을 것을 더 많이 차지하기 위해서 강한 군사력과 경제력이 필요했다면, 오늘날은 개인적인 사치와 욕망을 채우고 이웃이나 동료와의 경쟁에서 우위를 차지하기 위한 수단으로 화려하고, 아름답고, 독특하면서도 차별화된 경쟁력이 필요하다.

본질보다 형식이 먼저이고, 내면보다 외적인 요인이 비중을 더 차지하는 세상으로 바뀐 것이다.

20년 전만 해도 갓 태어난 아기가 눈을 뜨려면 최소한 2주 정도는 지나야 가능했지만 요즘 태어나는 신생아들은 눈을 뜨고 태어나거나, 태어나자마자 곧바로 눈을 뜬다고 한다. 그 이유는 정보를 얻는 모든 매체들이 귀로 듣던 자연의 소리와 라디오에서, 눈으로 보는 텔레비전과 모바일로 빠르게 대체되면서 청각은 점점 퇴보하고 시력은 점점 진화하기 때문이라는 게 전문가들의 공통된 견해다.

직업선택과 결혼에 있어서 우위를 다투고, 사회적 지위와 명예를 얻기 위해, 내가 선택한 삶이 아닌 다른 사람들로부터 간택되는 삶을 살아야 하는 것이 현실이다. 이 같은 현실에서 자신을 돋보이고 아름답게 꾸미는 일체의 행위는 사치나 위선이 아니라, 자신의 존재감을 높이고 치열한 경쟁에서 위위를 차지하기 위해 필요한 아름다운 변장술이며, 자신을 아끼고 사랑하기 위한 차별화된 전략이다.

2장

바보가
되지 않으려면
질문하라

☀

불치하문(不恥下問)

'모르는 것을 묻는 것은 부끄러운 일이 아니다.'

보편적으로 우리나라 사람들은 질문하는 것을 극도로 기피한다. 수업시간이든 회의시간이든 마칠 무렵 '질문할 사람 손 들어 보세요' 하면 손 드는 사람이 거의 없다. 어쩌다 선생님이 한 명을 꼭 집어서 질문하라고 말하기 전까지는 모두 침묵만 지킨다. 행여 선생님께서 나를 지목하지나 않을까 하고 의식적으로 시선을 피하느라 갑자기 바빠지기 시작한다. 모두 아는 것들이기에, 모두 이해했기 때문에 질문이 필요 없는 경우보다는 괜히 질문했다가 '비웃음거리가 되지 않을까?' '다른 사람들로부터 조롱당하지나 않을까?' 하는 두려움 때문에 망설이는 경우가 더 많다. 그것은 어쩌면 우리가 어려서부터 질문에 익숙하지 않은 교육을 받아왔기 때문일 가능성이 높다.

어린이 집에 갈 때 어머니들은 아이에게 '차 조심하고 친구들과 싸우지 말고 선생님 말씀 잘 듣고 와라' 하신다. 집에서 나올 때도 차를 탈 때도 같은 얘기를 몇 번이고 반복해서 당부한다. 자녀의 안전이 염려되어 하신 어머니의 숭고한 말씀이지만 귀에 박히도록 듣게 되는 아이들 머릿속에는 어쩌면 선생님 말씀만 잘 들으면 그날의 교육은 충분하다는 생각이 박힐 가능성을 배제할 수 없다.

하지만 유대인들의 부모님은 아이들에게 이렇게 얘기한다고 한다. '선생님께 질문 많이 하고 와라. 모르거나 이해가 안 되는 게 있으면 꼭 물어보고 와야 한다.' 그리고 아이들이 학교에서 돌아오면 '너 오늘 선생님에게 어떤 질문을 했니? 네 생각과 다른 친구들 생각은 어떤 차이가 있었니?' 하고 묻는다고 한다.

우리가 중고등학교 다닐 때의 수업방식을 기억해 보자. 선생님은 본격적인 수업에 앞서 우선 학생들에게 가르쳐야 할 내용을 칠판에 빼곡히 적고 학생들은 그것을 빠짐없이 노트에 옮겨 적는다. 대부분 교과서에 있거나 아니면 참고서에 있는 내용들이지만 그래도 학생들은 일단 한 글자도 빠뜨리지 않고 모두 적어야 한다. 그래야만 수업에 적극 참여한 모범생으로 인정받는다. 선생님은 칠판에 적은 내용을 읽어가면서 수업을 진행하고 간혹 노트 검사를 해서 필기하지 않은 학생들에게는 벌을 내리셨다. 주입식 교육은 그때부터 그렇게 시작되었다.

근래에 와서 일방적 주입식 교육은 안 된다, 창의력을 떨어뜨린다, 그러므로 '자율형', 또는 '참여형' 교육방식으로 바꿔야 한다며 과거 교육방식의 효과와 한계에 대해 공감하고 개선해 나가야 한다고 목소리를 높이고 있다.

필자는 우리나라의 교육방식에 문제가 있음을 지적하려고 케케묵은 사례를 든 것이 결코 아니다. 또 유대인 교육방식을 모방하거나 롤-모델로 삼아야 한다고 주장하는 것은 더욱 아니다. 다만 모르는 것은 부끄러운 것이 아니며, 이해가 안 되는 것은 그때그때 묻고 확인하는 습관을 들이는 것이 뒤에 올 후회와 심리적 갈등을 덜어주게 된다는 것을 말하고 싶을 뿐이다.

중국속담에 '부탁하는 사람은 5분 동안 바보가 될 수도 있지만 부탁하지 않는 사람은 평생 바보가 될 수도 있다.'는 말이 있다. 마찬가지로 질문하는 사람은 5분 동안 바보가 될 수 있지만 질문하지 않는 사람은 평생 바보가 될 수도 있다. 시험 볼 때 완성된 답을 썼을 때보다 문제를 풀다가 중단했을 때 더 오랫동안 기억에 남는다.

질문하라. 그리고 자신의 생각을 과감하게 표현하라. 그러면 당신의 인격이 더욱 돋보이고 풀다가 중단했던 문제처럼 그것을 DNA가 기억하고 저장해두었다가 당신이 필요로 할 때 '짠' 하고 나타날 것이다.

듣기만 해도 가슴 뛰는 말

※

정답은
찾는 것이 아니라
만드는 것

Q1 다음 중 네모 칸 안에 들어있는 내용들과 가장 관련이
깊은 곳은 어디인가?

> 파도, 모래, 갈매기, 수평선, 바람

① 낙동강

② 삽교천

③ 동해 바다

④ 의림지

만약 1번과 같은 문제가 나온다면 어른아이 할 것 없이 누구나
쉽게 정답을 찾을 수 있다. 어쩌면 '이런 걸 문제라고 냈나?'하
며 출제자를 비웃게 될지도 모른다.

Q2 '바다는 인생이다.'라고 가정할 때, 그 이유와 인류에 미칠 영향에 대해 자신의 생각을 적어보시오.

_____

_____

_____

만약 이런 문제가 나온다면 학생들은 고민에 빠져 자신의 머리카락을 쥐어뜯거나 '선생님! 이 문제는 잘못 출제된 것 같은데요, 바다가 바다지, 바다가 어떻게 인생이 될 수 있습니까?' 하며 마치 학생을 대표하여 희생양이라도 되겠다는 듯 잔뜩 상기된 표정으로 당당하게 항의할지도 모른다.

그러나 창의적은 교육방식에 익숙해져 있거나 평소 여러 분야의 책을 많이 읽어온 학생에게는 머리를 쥐어뜯으며 괴로워할 만큼 어려운 문제는 아닐 것이다.

'바다 is 인생'이라는 문제의 본질과 많은 가능성을 열어두고 망설임 없이 정답을 만들어 갈 수도 있다.

'생명의 근원은 바다에서부터 시작되었다.'고 주장한 다윈의 진화론에 관심을 갖게 되고, 바닷물을 식수 또는 화학연료를 대체할 미래의 에너지로 활용할 방법들을 고민하고 연구하게 될 것이다.

'만물의 근원은 물이다.'고 주장한 그리스 철학자 탈레스의 사상을 공부하면서 폭넓은 철학적 상식을 갖게 되고, 더 나아가 '자아일여(自我一如)' 즉 '자연과 내가 둘이 아니다.'라는 불교의 우주관과 접목시켜 문제를 풀어나갈 수도 있다.

교육(Education)은 라틴어의 'Educo(끌어내다)'에서 유래되었다고 한다. 이미 나타난 결과에 대해 있는 그대로 습득하고 몸에 익히는 기능적 차원이 아니라 내부에 있는 본질과 원리를 밖으로 끌어내는 기술적 차원이 진정한 교육의 개념인 셈이다.

정답을 찾는 것은 극히 제한적이며 사고의 한계를 넘어설 수 없다. 정답은 이미 정해져 있는 결과가 아니라 유연성을 기본으로 하여 스스로 생각하고 만들어가는 하나의 창조적 과정이다.

3장

인생은
시간이다

☀

게으른 사람이
가는 곳

몇 년 전 대한민국을 뜨겁게 달궜던 영화 '신과함께 2'에서는 게으른 사람들이 죽은 뒤 가게 된다는 '나태지옥'을 생동감 있게 표현했다. 커다란 통나무가 빠른 속도로 쉴 새 없이 돌아가고 수많은 사람들이 통나무에 깔려 죽거나 통나무를 피해 물속으로 뛰어드는 장면이 그려졌다.

불교에서는 게으른 사람은 죽은 뒤 물고기로 환생할 가능성이 높다는 설도 있다. 살아있을 때 게으름을 부렸으니 죽은 뒤에 받게 되는 당연한 과보인 셈이다.

물고기는 잠을 잘 때도 눈을 뜨고 잔다. 눈꺼풀이 없어서 눈을 감을 수가 없다. 이 얼마나 가혹하고 고통스런 형벌인가? 그런데 스님들께서 염불할 때 도구로 사용하는 목탁을 보면 물고기 모양을 하고 있다. 사찰 건물의 추녀 끝에 달려 있는 풍경도 물

듣기만 해도 가슴 뛰는 말

고기 모양을 하고 있는데 이것을 '풍탁'이라 하고, 범종을 칠 때 사용하는 커다란 나무도 물고기 모양을 하고 있는데 이것은 '당목'이라 한다.

이렇듯 불교에서 경전을 읽거나 법요식을 진행할 때 사용하는 도구가 모두 물고기 모양을 하고 있는 이유는, 물고기는 밤낮 없이 눈을 뜨고 있으므로 수행자로 하여금 게으름을 부리지 말고 부지런히 정진하라는 의미에서라고 한다.

☀

몇 초에
달린 승부

시간은 상대적이다.

농구경기에서는 '버저비터'라는 룰(Rule)이 있는데, 경기 종료를 알리는 벨소리와 동시에 성공한 골을 뜻한다. 축구경기에서도 불과 2~3분에 해당하는 인저리 타임(Injury Time)에 희비가 엇갈리는 경우가 많다. 권투경기의 마지막 라운드에서는 승패를 떠나 이성이 아닌 오직 훈련된 본능에 의해 서로 주먹이 오고 간다. 이미 체력이 바닥나 젖 먹던 힘까지 발휘하며 혼신을 다해 경기를 펼치는 두 선수에게는 아마 단 1, 2초가 마치 지옥처럼 길게 느껴질 것이다. 평범한 사람들에게 있어 30분은 아무 쓸모없는 시간이 될 수도 있지만 경기에 임하는 선수들에게는 1, 2초가 팀 또는 자신의 운명을 결정짓는 분수령이 되기도 한다.

듣기만 해도 가슴 뛰는 말

스포츠 경기뿐만 아니라 인생을 살아가면서 누구에게나 평등하게 주어진 같은 양의 시간이지만 이것을 어떻게 활용하고 관리하느냐에 따라 결과는 크게 달라진다.

주말드라마를 보는 1시간은 짧아도 횡단보도에서 보행자신호를 기다리는 단 몇 분은 매우 길게 느껴지고, 전자레인지에 음식을 익히는 단 2, 3분이 그토록 길게 느껴질 수가 없다. 이렇듯 시간은 모든 사람들에게 똑같이 적용되는 절대적인 것이 아니라, 개인의 차이와 특정의 상황에 따라 길게 또는 짧게 느껴지는 상대적인 것이다.

미국인을 대상으로 70평생의 시간을 어떻게 사용하는지 조사해 봤더니 일하는 데 26년, 잠자는 데 23년, 차 타는 데 6년, 텔레비전을 보는 데 5년, 식사하는 데 5년, 대기하거나 기다리는 데 5년, 몸을 씻는 데 3년, 거울 보는 데 2년, 화장실 가는 데 2년의 시간을 보낸다고 한다.

잠자는 것도 중요하고, 일하는 것도 중요하고, 화장실 가거나 거울 보는 것도 중요하다. 무엇하나 소홀히 하거나 생략할 수 없다. 하지만 여기에도 분명 함정은 존재한다. 뒤에서 언급하겠지만 대니얼 하워드는 많은 사람들이 시간을 활용하고 관리함에 있어 가장 대표적인 실수는 계획을 세우지 않는 것과 무료하게 기다리는 시간이라고 지적했다.

혼자서 열차나 버스를 기다릴 때 사람들은 대부분 행인들의 옷차림, 간판광고, 식당메뉴와 가격, 구걸하는 사람의 모자 안에 들어있는 동전, 고층건물에 불 켜진 층수를 세어보는 등 별 효용가치가 없는 것들을 관찰하는 데 시간을 허비하고 있다.

기다리는 동안 가족에게 간단한 문자메시지를 보낼 수도 있고 외국어 사전을 꺼내 단어 하나라도 암기할 수 있는 충분한 시간이지만 대부분의 사람들은 그런 자투리 시간을 활용하지 못한다. 게을러서도 아니고 시간의 소중함을 몰라서도 아니다. 다만 시간을 활용하는 요령과 방법에 익숙하지 않기 때문이다.

그런데 스포츠에서 몇 초가 승부를 결정짓듯이 인생에 있어서도 시간을 어떻게 활용하고 관리하느냐에 따라 결과가 크게 달라진다.

필자는 낚시를 좋아하지 않는다. 낚시를 통해서 복잡한 생각을 정리할 기회를 얻을 수도 있고, 고단한 육체를 잠시 쉬게 할 수도 있다. 또 때로는 상처받은 마음을 치유할 수 있고, 강태공처럼 때를 기다리는 수단과 도구로 사용할 수 있겠지만, 살생을 취미로 하는 것을 마음이 허락하지 않기 때문이기도 하고 소득 없이 보내는 시간이 너무 아깝다는 생각에서다.

스코틀랜드 극작가 새뮤얼 스마일스는 '시간은 배워야 할 가치가 있는 지식을 습득하고, 훌륭한 신념을 키우고, 좋은 습관을 익히는 데 사용해야 한다.'고 했다. 무엇이 내게 신념을 키우고 좋은 습관을 익히게 하는가? 그 답은 서점에서 오래전부터 여러

분들의 손을 간절히 기다리고 있는 수많은 책 속에 들어있다.

  독서는 사람들이 살면서 경험해보지 못한 것들을 간접 경험케 하고, 신념과 확신으로 자신을 무장케 하여 그 어떤 유혹으로부터 흔들림이 없는 버팀목이 되게 한다. 그런가 하면 난관을 극복할 방법과 지혜를 얻게 됨으로써 빈곤한 삶을 풍요롭게 하고, 인생을 변화시키는 조언자의 역할과 올바른 방향을 제시하는 조타수 역할을 하기도 한다.

※

시간의 함정

경영컨설턴트 대니얼 하워드의 'The Time Trap(시간의 함정)'이라는 보고서를 보면 우리가 살면서 많은 시간들을 무의식적으로 낭비하고 있음에 깜짝 놀라지 않을 수 없다. 필자는 그 보고서를 읽으면서 마치 보이지 않는 카메라가 내 일상의 모습을 몰래 녹화하고 있는 것 같은 느낌이 들어 몇 번이고 책 읽기를 중단하고 주변을 두리번거리기도 했다.

그 보고서의 내용 중 한 가지 사례만 인용하자면 이렇다.

만약 현재 시간이 오후 6시이고 친구와 저녁 7시에 만나기로 약속했다. 집에서 약속장소까지 이동하는 데 걸리는 시간은 30분이면 충분하기에 6시 30분에 출발하면 된다. 그러므로 지금 내게는 30분이라는 시간적 여유가 있다. 그런데 이 30분 동안 무엇을 할까?

듣기만 해도 가슴 뛰는 말

- 운동을 하거나 책을 읽기에는 턱 없이 부족한 시간이다.
- 며칠 전 동네 비디오 가게에서 빌려온 테이프를 반납할 기한이 이틀이나 지났지만 내일 반납해도 된다.
- 얼마 전 아버지가 돌아가신 친구에게 위로전화를 하려고 마음먹었지만 바빠서 아직 못했다.
- 세탁소에 맡겨놓은 철지난 옷을 찾아와야 하지만 아직 여러 계절이 남아있다.
- 서류가방에 공공요금 납부고지서가 들어있는데 깜빡 잊고 아직 아내에게 전달하지 못했다. 그것도 내일 하면 된다.
- 어젯밤 강아지를 데리고 산책 나갔다가 강아지 발바닥에 껌이 붙어있는 것을 발견했지만 이번 주 일요일 날 떼어주면 된다.

내게 남은 30분 동안 할 수 있는 것은 아무것도 없다. 뒤로 미루어 놓은 것들이 한두 개가 아니지만 지금 처리하기에는 시간이 촉박할 뿐만 아니라 지금 당장 할 필요도 없다. 그냥 텔레비전이나 켜서 이리저리 채널을 돌려가며 광고방송이나 보다가 시간되어 출발하는 것이 최선의 선택이다.

위에 나열한 대부분의 가정들은 짧으면 3분, 길게는 20분이면 해결하기에 충분한 것들이지만 보통 사람들은 '시간이 없어서 못한다. 내일 해도 된다.'며 모두 뒤로 미루거나 아예 기억 속에서 지워버린다. 대니얼 하워드는 이것을 '시간의 함정'이라 표현했다.

이 외에도 시간과 관련된 명언들은 수도 없이 많다. 아마 인류에게 알려진 많은 명언들 중 가장 많은 종류의 명언은 시간의 소중함을 강조하는 내용일 것이다.

- ▸ 시간은 금이다.(몽테뉴)
- ▸ 인생은 곧 시간이다.(벤자민 플랭클린)
- ▸ 세상에서 가장 어려운 일은 시간을 낭비하지 않는 것이다.
- ▸ 시간은 인간이 소비하는 것 중 가장 가치 있는 것이다.(디오게네스)
- ▸ 수업시간 50분은 길어도 학창시절은 짧다.
- ▸ 우물쭈물하다가 내 이렇게 될 줄 알았다.(버나드 쇼 묘비명)
- ▸ 시간은 소멸하는 것이다. 따라서 죄는 우리에게 있다.(옥스포드대학교 해시계 문구)
- ▸ 승자는 시간을 관리하며 살고, 패자는 시간에 끌려 산다.(J. 하비스)
- ▸ 낭비한 시간에 대한 후회는 더 큰 시간을 낭비하는 것이다.(메이슨 쿨리)
- ▸ 내일 죽을 것처럼 오늘을 살고 영원히 살 것처럼 내일을 꿈꾸어라.(제임스 딘)

▶ 변명 중에서도 가장 어리석고 못난 변명은 '시간이 없어서'라는 변명이다.(에디슨)

▶ 지금 잠을 자면 꿈을 꿀 수 있다. 그러나 지금 공부하면 꿈을 이룰 수 있다.(하버드대학교 도서관)

▶ 오늘 낭비한 시간은 내일의 시간을 빌려서 메울 수 없다.

▶ 시간과 인내는 뽕잎을 비단으로 바꾼다.(속담)

▶ 少年易老學難成 一村光陰不可輕(소년은 늙기 쉽고 학문은 이루기 어려우니 짧은 시간이라도 헛되이 보내지 마라, 주자)

훌륭한 스승과 선각자들이 남긴 명언을 구구절절 강조하는 이유는 그 안에는 '인생을 어떻게 사는 것이 현명한 것인가?' 하는 가치관의 확립과 난관에 봉착했을 때 해결할 수 있는 지혜와 이상적인 해결책이 들어있기 때문이다.

미국의 루즈벨트 전 대통령도 곤란한 일이 있거나 중요한 의사결정을 할 때는 링컨의 초상화를 바라보며 '만약 링컨 대통령이라면 이 문제를 어떻게 처리했을까?' 하며 고민했다고 한다.

우리가 잘 알고 있는 다윈은 환자를 방문할 때도 메모장을 가지고 다니며 그때그때 생각나는 것을 모두 기록해 두었고, 나폴레옹은 전쟁 중에 말 위에서도 책을 읽었다고 한다. '노인과 바다' '무기여 잘있거라' 등 주옥같은 작품을 쓴 어니스트 헤밍웨이는 졸지 않으려고 한쪽 발을 든 채 글을 썼고, 미국의 클린턴 전

대통령은 잠자기 전 30분, 잠에서 깨어나 본격적으로 집무를 보기 전 30분을 활용하여 한 달 평균 3권의 책을 읽었다고 한다.

세계를 움직이는 큰 나라의 대통령도 한 달에 3권의 책을 읽는데 과연 우리는 '클린턴보다 더 업무가 많아서, 나폴레옹보다 더 정신적 여유가 없어서, 다윈보다 더 중요한 일을 하고 있어서 못한다.'고 자신 있게 말할 수 있을까?

변명 중에 가장 흔한 변명은 '시간이 없어서'라고 한다. 그러나 시간이 부족해서가 아니라 앞으로 기회는 얼마든지 있으며, 지금보다 미래에 더 많은 시간을 가지게 될 것이라는 착각 때문은 아닐까?

☀

잠은 보약인가,
시간 낭비인가

인간은 하루에 8시간은 일을 하고, 8시간은 여가활동을 하고, 8시간은 잠을 자도록 설계되었다고 한다. 그렇게 본다면 인생의 1/3은 잠으로 보내게 되는 셈인데, 80세를 평균수명으로 볼 때 무려 26년의 긴 시간을 잠으로 보내게 된다는 결론에 이르게 된다.

부모님으로부터 보육기간에 해당하는 성장기 10년, 미성년으로서 사회적 보호기간에 해당하는 10년, 60세 정년퇴직 후부터 80세까지의 노년기 20년을 제외하고 나면 순수하게 자신만의 철학을 가지고 인생을 주도적이고 의지대로 살아갈 수 있는 기간은 50년 정도에 불과하다. 이마저도 잠자는 시간을 빼고 나면 실제로 지식을 습득하고, 훌륭한 신념을 키우고, 좋은 습관을 익히 등 자기개발을 위해 노력할 수 있는 시간은 얼마 되지 않는다.

사업에 성공한 기업가, 최고경영자, 성직자들의 하루 평균 수

면시간은 4~5시간 정도라고 한다. 화엄경을 번역한 '탄허'스님 께서는 한번 잠에서 깨고 나면 그 시간이 새벽 2시든 4시든 절대 다시 잠을 청하지 않았다고 한다.

'수면과 죽음은 동일하다. 다만 양적 차이만 있을 뿐이다.'라 는 말이 있다. 죽음이 영원한 잠이라면 수면은 일시적인 죽음의 상태라고 할 수 있는데, 필자는 철학자의 그 말에 충격을 받은 적이 있다. 젊은 시절이었는데 이때는 내가 죽지 않고 살아있음 을 확인하기 위해 매일 새벽 두 시에 일어나 대문 밖으로 나가 죽지 않고 살아있음에 안도와 고마움을 느끼며 밤하늘의 별을 쳐다보기도 하고 풀벌레 소리를 들으며 주변을 서성이다가 다시 방으로 들어와 잠자리에 들곤 했었다.

시간은 실체가 있는 것이 아니기에 아무것도 하지 않고 놔두 면 그 존재를 찾을 수가 없다. 의도적으로 뭔가를 만들고 그런 행위와 사실들을 기록할 때에만 비로소 유형의 형태로 존재하게 된다.

80년의 인생이 짧다고 생각된다면 낭비하는 시간을 가치 있게 활용하는 방법을 찾는 것 외에도 잠자는 시간조차 줄여서라도 시간을 더 늘려야 한다. 그렇게 해도 크게 만족할 수는 없겠지 만 그나마 아주 먼 훗날 '인생은 결코 짧기만 한 것은 아니구나.' 하는 생각을 갖게 되고 후회 없이 최선을 다해서 열심히 살았음 에 웃으면서 생을 정리할 수 있게 될 것이다.

※

깊이 잠들면
놓치는 것

　인도에 젊고 잘생긴 한 사문(승려)이 있었다. 어느 날 그는 나무 밑에서 수행하다가 그만 깊은 잠이 들고 말았다. 때마침 산적들이 그곳을 지나가다가 깊이 잠든 사문을 발견하고는 뭔가 빼앗을 것이 있을지 모른다는 생각에 그를 흔들어 깨워보았지만 그는 죽은 듯 꿈쩍도 하지 않았다. 화가 잔뜩 난 산적들은 '이놈 거지잖아, 에이 재수 없어!' 하고 투덜거리며 그 자리를 떠났다.

　그 후 얼마 지나지 않아 이번에는 그 나라의 공주님이 그곳을 지나가게 되었다. 공주님의 눈에 비친 사문의 모습은 비록 허름한 가죽신발에 여기저기 꿰맨 낡은 가사 하나만 걸치고 있었지만 왕자님 못지않게 잘생긴 얼굴에서는 광채가 났고, 뭔가 모를 평온함과 신비로움이 가득한 범상치 않은 얼굴이었다.

　공주님은 가던 길을 멈추고 '저 수행자라면 분명 생로병사를 극복할 수 있는 방법을 알고 있을지도 몰라, 고통과 집착에서 벗어날 수 있는 지혜를 배울 수도 있을 거야, 저 사문을 데리고 궁으로 돌아가 아버지께 말씀드려 결혼승낙을 받았으면 좋겠어.'라는 행복한 상상을 하면서 그가 깨어나기를 한참동안 기다리며 서 있었다.

하지만 몇 시간을 기다려도 사문은 끝내 잠에서 깨어나지 않았고, 하녀들의 간청에 따라 공주님은 그곳을 떠날 수밖에 없었다.

위 두 가지 상황을 놓고 반전을 가정해 보자.

첫 번째 이야기에서 만약 산적들이 깨웠을 때 그가 일어났다면 어쩌면 그 수행자는 목숨을 잃거나 곤경에 처했을지도 모른다. 그런 면에서 일단 세상 모를 깊은 잠은 위험으로부터 수행자를 구해준 셈이다.

두 번째 이야기에서는 그가 잠을 자지 않았거나 잠에서 일찍 깨어났더라면 사문은 공주님과 세상 만물의 이치에 대해 논할 수 있는 기회를 갖게 될 수도 있었고, 한 나라 공주님의 마음을 사로잡은 최초의 멋진 남자가 될 수도 있었을 것이다. 하지만 그 수행자는 깊은 잠으로 인해 모든 기회를 놓치고 말았다.

그리스의 어느 거리에 동상이 하나 서 있는데 사람들은 그 동상을 '기회동상'이라고 부른다. 그 동상의 앞머리에는 머리숱이 무성하고 뒷머리는 대머리, 어깨와 발에는 날개가 달려 있다.

앞머리가 무성한 이유는 사람들이 나를 보았을 때 쉽게 붙잡을 수 있도록 하기 위함이고, 뒷머리가 대머리인 이유는 내가 지나가면 다시는 붙잡지 못하도록 하기 위함이며, 발과 어깨에 날개가 달린 이유는 최대한 빨리 사라지기 위함이라고 한다. 그리고 동상 맨 밑에 '나의 이름은 기회입니다'라고 적혀있다고 한다. 얼마나 역설적이고 설득력 있는 표현인가?

'어린왕자'의 저자인 생텍쥐페리는 '완성이란 더 붙일 것이 없을 때 이루어지는 것이 아니라 제거해야 할 아무것도 없을 때 이루어진다.'고 했다. 필자가 위에 있는 불교이야기와 기회동상의 사례를 들면서 그 이야기가 독자들에게 전하고자 하는 메시지는 무엇이며, 어떻게 하는 것이 지혜이고, 기회를 잡으려면 어떤 행동이 필요한지에 대해서는 장황하게 설명하지 않겠다. 그 이유는 생텍쥐페리와 필자의 생각이 같기 때문이다.

시간을 어떻게 관리하고, 기회를 완전한 내 것으로 만들기 위해서는 무엇이 우선이고, 방법을 어디서 어떻게 찾고, 생각과 운명을 바꾸기 위해서는 무엇이 필요한지에 대한 판단과 결정은 여러분의 몫으로 남겨두고 싶다.

4장

말을
잘하면
성공한다

※

두려움은
극복의 대상

　미국의 한 연구기관에서 '당신이 가장 두려워하는 것은 무엇인가?'라는 내용으로 설문조사를 했다.

　죽음, 비행기, 맹수, 고독, 질병, 가난, 깊은 물, 높은 곳, 대중 앞에 서는 것 등 듣기만 해도 끔직하고 두려움을 느끼게 하는 다양한 예상 질문이 제시되었는데, 1위-대중 앞에 서는 것, 2위-높은 곳, 3위-곤충, 4위-가난, 5위-깊은 물, 6위-질병, 7위-죽음, 8위-비행기, 9위-외로움, 순이었으며 죽음이나 질병보다 대중 앞에 서는 것이 더 두렵다는 의외의 결과가 나왔다고 한다.

　텔레비전 프로그램 중에서 내가 가장 즐겨보는 프로그램은 주말에 방영되는 '불후의 명곡'과 '복면가왕'이다. 드라마나 예능프로그램은 즐겨보지 않지만 주말이면 이 두 프로그램은 거의 빠뜨리지 않고 본다.

경연이 끝나고 나면 사회자는 출연한 가수들에게 '소감이 어땠어요?' 하고 출연소감을 묻는데, 대부분의 가수들은 '너무 떨렸어요. 너무 긴장됐어요. 진땀이 나서 혼났어요. 다리가 후들거려서 어떤 심정으로 불렀는지조차 기억도 안 나요'라는 의외의 답변을 하는 경우가 많다.

경연에서 승리한 가수든, 패한 가수든 짧게는 2년, 길게는 수십 년 넘게 직업으로 활동하며 수없이 많은 연습과 반복된 무대 경험이 있었음에도 첫 소감이 '떨렸다'는 것은 대중 앞에서 말이나 행동으로 자신을 표하고, 자신의 생각을 전달하는 것이 그만큼 어렵다는 것을 보여준다.

유능한 웅변가나 경험 많은 정치인들은 오히려 많은 사람들의 시선과 관심이 집중될 때 더 많은 에너지와 용기를 얻는 경우도 있다고 한다. 그러나 보통사람들의 경우 익숙하지 않은 얼굴 앞에서 당당해지거나 자신감을 얻기란 그리 쉽지 않다.

오늘날 자신의 입장과 생각을 전달할 때 말보다는 이메일이나 문자메시지를 더 선호하는 이유도 어쩌면 대면(對面)에서 오는 두려움을 조금이나마 감출 수 있고, 미처 예상치 못한 상대방의 반응에 대처할 수 있는 시간을 벌 수도 있기 때문이 아닐까 하고 조심스럽게 추측해본다.

두려움을 극복하는 방법에는 여러 가지가 있다. 타석에 들어

선 야구선수들은 긴장을 풀기 위해 껌을 씹기도 하고, 사랑을 고백하거나 상대방에게 부담스런 요구를 할 때는 알코올의 힘을 빌려 용기를 내기도 한다.

그러나 대중들 앞에서 강연을 하거나 회사 간부들 앞에서 '프리젠테이션'을 하는 것은 차원이 다르다. 핵심에서 벗어나도 안 되고, 순서가 바뀌어도 안 된다. 사투리를 사용해도 안 되고 말을 더듬거려도 안 된다. 시선을 허공에 두어서 안 되고, 뒷짐 지거나 손을 호주머니에 넣어도 안 된다. 로봇처럼 한 자리만 고집해도 안 되고, 너무 산만하거나 혼란스럽게 단상을 왔다 갔다 해도 안 된다.

그럼 어떻게 해야 두려움을 극복하고 완벽하게 해낼 수 있을까?

▶ 첫째, 자신만의 완전한 정보와 지식으로 무장하라.

발표 자료는 반드시 본인이 직접 작성해야 한다. 다른 사람이 만들어준 자료는 내 것이 아니기에 호소력과 설득력이 약하다. 기억나지 않아 순서가 바뀔 수도 있고 발표하면서도 '이 데이터가 정확한가?' 하는 의구심이 생길 때도 있다. 만약 시간적 여유가 없었다거나 참고자료 등을 확보하지 못해 부득이 다른 사람이 작성해준 원고에 의존할 수밖에 없다면 반드시 완벽하게 숙지해야 하고, 이해가 잘 안 되거나 의심되는 부분은 작성자에게 직접 물어봐서라도 확인해야 한다. 그래야만 강의 내용과 관련된 질문을 받았을 때 당황하지 않고 명쾌하게 답변할 수 있다.

그리고 발표 자료를 작성할 때는 참석자로부터 질문이 있을 것을 예상하여 미리 대비하거나 참고자료를 휴대하는 것도 기술이다.

군대생활 하면서 경계근무를 해본 사람이라면 총알이 없는 빈 총만을 가지고 근무할 때와 실탄을 휴대하거나 실탄이 장전된 총을 가지고 경계근무 할 때 느끼는 기분이 어떤지 잘 알 것이다. 빈 총이 아닌 실탄이 장전된 총을 가지고 있을 때는 그 어떤 두려움도 못 느낀다. 사람도, 산짐승도, 귀신조차도 두렵지 않다. 세상 모든 위험이 모두 내 손안에서 통제 가능할 것 같은 용기와 자신감이 생긴다.

그와 마찬가지로 자신만의 확실한 정보와 지식으로 완전무장하면 설령 처음 해보는 강의라 하더라도 두려움을 어느 정도 극복할 수 있을 것이다.

정보에는 긍정적인 정보만 있는 게 아니다. 부정적인 뉴스도 활용가치가 있는 좋은 정보다. 아침에 신문을 읽은 사람과 그렇지 않은 사람과는 큰 차이가 있다. 내 주변에 있는 모든 사람들, 내게 주어진 현재의 상황, 내가 보고 듣고 느끼는 것이 모두 유익한 정보이며 상황에 따라 활용 가능한 중요한 자료들이다.

▶ 둘째, 연습을 반복해서 하라.

　대중 앞에서 긴장하거나 당황하지 않으려면 반복해서 연습해 보는 것이 가장 좋은 방법이다. 가능하다면 혼자 하지 말고 가족이나 친구, 또는 직장동료를 참관케 하는 것이 효과적이다. 참관자로부터 피드백을 받을 수 있기 때문이다.

　그리고 실제로 강의할 때 자신의 목소리를 녹음할 수 있는 도구를 휴대하였다가 강의가 끝난 뒤 집에 가서 녹음된 내용을 한 번 들어보는 것이 실수를 줄이는 최고의 방법이다.

　아무리 명강사라 하더라도 완전무결할 수는 없다. 녹음된 내용을 되돌려 듣다 보면 '아~ 정말 내가 이정도 수준이었나.' 하는 실망과 자괴감이 드는 경우가 허다하다. 말을 더듬기도 하고, 무의식적으로 사투리가 툭 튀어나오기도 한다. 중간중간 내용이 끊기거나 매끄럽지 못하기도 하고, 입으로 '쩝쩝' 하는 소리를 내기도 하고, '자~, 에 또~, 마~,' 하는 불필요한 군더더기 말을 습관처럼 사용하는 경우가 있음을 발견하게 될 것이다.

　강의할 때마다 항상 녹음해 두었다가 강의가 끝난 뒤 되돌려 들으면서 미흡한 부분을 보완하고, 나쁜 습관을 고쳐나간다면 대중 앞에서의 두려움을 극복하는 수준을 넘어 최고의 명강사가 될 수도 있다.

　그러나 처음부터 너무 완벽해지려고 하면 부담이 되어 자칫 '트라우마'를 경험하게 되거나 마음에 병이 생길 수도 있다. 중

　　　　　　　　　　　　　　듣기만 해도 가슴 뛰는 말

요한 것은 퍼펙트(Perfect)한 일방적 전달이 아니라 청중과의 호흡이다. 만약 실수를 하게 될 경우 당황하거나 부끄러워하지 말고 실수는 계획적으로 준비한 애교이며, 차별화된 전술적 '애드리브(ad lib)'라 생각하고 넘어가면 된다.

▶ 셋째, 적절한 유머를 활용하라.

처음 강의에 임하는 사람에게 적절한 유머를 활용하라고 주문하는 것은 어쩌면 지나친 요구일 수도 있다. 하지만 일단 시도해보면 의외의 결과가 나타난다. 청중들의 몰입력과 집중력을 증가시킬 뿐만 아니라 발표하는 본인에게도 긴장을 해결하는 최고의 매개체가 될 수 있다.

그러나 어떤 내용의 유머를 선택할 것인지에 대해서는 많은 고민이 필요하다. '세월호참사'와 같은 국가적 슬픔이 있을 때는 죽음이나 재난과 관련이 있는 내용은 가급적 피하는 게 좋다.

젊은 학생들을 대상으로 할 때는 철 지난 유머, 일명 '아재개그'는 효과가 없다. 오히려 조롱거리가 될 수도 있다.

성(性)에 관련된 내용이라면 남녀노소 불문하고 누구에게나 관심을 유발하고 폭소를 자아낼 수도 있겠지만 청중들의 직업, 연령, 성별, 등을 충분히 고려하지 않으면 낭패 볼 수 있으니 가급적 피하는 게 좋다.

또한 특정 직업의 사례 또는 특정 조직을 직접적으로 거론하거나 비판하지 않도록 주의해야 한다.

사람들은 먼 나라 이야기나 잘 알려지지 않은 사람 얘기보다는 내 이웃이나 친구 또는 이미 널리 알려진 주요인물과 관련된 이야기에 더 관심을 기울인다. 판도라의 후예답게 꼭꼭 숨겨놓은 다른 사람의 일기장을 훔쳐보고 싶은 충동, 친구의 휴대폰에 남아있는 문자메시지나 '카카오톡' 내용을 엿보고 싶은 호기심이 누구에게나 조금씩은 잠재하고 있기 때문이다.

본격적인 발표를 시작하기에 앞서 '내가 초등학교 4학년 때, 논산 훈련소에서 훈련받을 때, 처음 입사해서 근무배치 받았을 때, 동네 사람들과 버스관광을 갔을 때, 처음 소개팅이나 맞선 볼 때, 중학교에 다니는 내 딸은,' 등 자신의 은밀한 과거 또는 주변 사람들과 밀접한 관련이 있는 것에서 소재를 찾으면 어렵지 않게 집중력을 높이고 분위기를 내 것으로 가져올 수 있다.

유머는 자타 모두에게 벽을 허물고 관계를 개선하는 탁월한 효과가 있을 뿐만 아니라 평소 부부간 또는 자녀들과의 대화에서도 적절히 활용하면 집안 분위기가 훨씬 밝아지고 화목해진다.

유머와 해학은 과학이 만들어낸 사이보그가 대신할 수 없다. 오직 생각하고 진화하는 유연성을 갖춘 인간만이 가능하다.

우리나라 어느 연구기관에서 CEO를 대상으로 유머에 관련하여 설문조사를 한 결과 응답자의 58%가 유머를 잘 하는 직원이 그렇지 않은 직원보다 일을 더 잘한다고 믿고 있으며, 유머가

기업의 생산성 향상에 도움이 된다고 생각하는 경영자는 81%, 유머가 없는 사람보다 유머가 풍부한 사람을 우선적으로 채용하겠다고 응답한 경영자는 무려 77%에 달했다고 한다.

'유머는 성격을 변화시키는 멋진 화장이다.'라는 말이 있다. 최근 기업에서도 직원을 채용할 때 학력이나 자격증, 높은 토익점수, 어학연수 같은 보편적 스펙(Specification)보다 유머, 재치, 센스 등 친화력을 갖춘 사람들을 더 선호한다고 하는데, 그 이유는 아마 세련된 해학과 유머는 경직된 분위기를 유연하게 하고 생각을 창의적으로 바꾸기 때문이 아닐까 하는 생각이 든다.

▶ 넷째, 명품으로 치장하라.

복장이 주는 효과에 대해서는 이미 앞장에서 충분한 설명이 되었을 것으로 믿는다.

복장은 상대방으로 하여금 신뢰를 갖게 하는 것 외에도 대중의 시선을 장악하고 분위기를 내 것으로 만드는 데 큰 역할을 한다.

특히 한참 유행에 민감할 때인 중·고생들에겐 선생님의 의상과 헤어스타일, 액세서리(Accessory) 등이 학생들의 학업능력과 수업태도에도 적지 않은 영향을 미치게 된다고 한다. 어느 날 선생님이 화려한 옷을 멋지게 입고 교실에 '짠' 하고 들어온다면 학생들은 모두 '우와!' 하며 감탄할 것이다. 이런 날은 선생님 자신에게도 영광이겠지만 학생들에게도 수업시간 내내 즐거운 선물이며 충분한 이벤트로서도 손색이 없다.

반대로 1년 내내 똑같은 헤어스타일에 재래시장 상표가 붙은 값싼 옷을 입거나, 일주일 내내 똑같은 옷을 반복해서 입고 수업에 임한다면 학생들은 대부분 졸거나 옆 짝꿍과 장난치면서 수업종료를 알리는 벨소리에만 귀 기울일 가능성이 높다.

복장은 강의를 듣는 청중들에게 갖추어야 할 기본적인 예의이기도 하다. 색 바랜 청바지에 운동화를 신고 강단에 올라오는 것은 예의에 크게 벗어나는 행동이다.

만약 강의를 듣는 사람들이 고위직 공무원이거나 사회지도층에 해당하는 경우라면 반드시 정장을 갖춰 입어야 하고, 예술 또는 예능과 관련 있는 사람들이라면 상의 양복 호주머니에 행커치프로 포인트를 살리는 센스를 발휘하면 동질감을 높일 수 있다.

대상이 40~50대 여성들이라면 가급적 명품으로 화려하게 꾸미고 눈에 돋보이는 액세서리를 하면 시선을 끌어 모을 수 있고 기죽지 않는다.

하지만 갖춰진 정장이라고 해서 언제, 어디서, 누구에게나 똑같이 적용되는 것은 아니다. 때, 장소, 상황에 맞게 코디하고 활용하는 것이 최고의 '프로페셔널리스트(Professionalist)'가 되는 출발점이며 경쟁력을 키워주는 위대한 도구이다.

▶ 다섯째, 빨간색 속옷을 입어라.

'두려움을 극복하는 방법' 다섯 가지 중 마지막 권장사항이다.

독자들은 빨간색 속옷이 두려움을 극복하는 방법 내지는 자신감을 얻는 것과 무슨 관련이 있기에 빨간색 속옷을 입으라고 제안하는지 의아해할지 모른다. 더불어 허무맹랑한 궤변처럼 들릴 수도 있을 것이다.

빨간색은 일반적으로 열정, 행운, 권력, 부(富), 자신감, 힘, 행복, 생명 등 다양한 의미를 가지고 있다. 역학적으로는 오행 (木·火·土·金·水) 중 불에 속하며, 계절적으로는 여름, 방향으로는 남쪽이고, 제품수명 주기로는 성장기에 해당한다고 볼 수 있다.

'여름'은 뜨거운 태양이 하루 종일 활활 타오른다. 하지만 무거운 배낭을 메고 등산을 해도 힘든 줄 모르고, 펄펄 끓는 모래 위에서 배구를 해도 지칠 줄 모른다. 테니스와 같이 순발력과 강한 체력을 요구하는 스포츠도 여름에 해야 제맛이 난다.

'남쪽'은 겨울이 없어 1년 내내 활동이 가능하다. 동물들에겐 겨울잠이 필요 없고 식물들도 쉼 없이 성장하며 열매 맺는다.

'성장기' 제품의 판매량과 시장점유율은 회사경영에 큰 영향을 미친다. 또 성장기를 맞은 제품은 불티나게 팔려서 서두르지 않으면 품절되고, 뒤늦게 사 입으면 사람들의 시선에서 멀어지거나 주목받지 못한다.

이렇듯 빨간색은 마치 발전기를 돌리는 폭포수처럼 역동적이고 쉼 없이 움직이는 열정의 상징이다. 그래서 빨간색 옷을 입으면 자신감이 생길 뿐만 아니라, 일이 잘 풀릴 것 같은 기대심리가 작용한다.

빨간색은 특정 신분을 상징한다. 정치인들이 빨간색 넥타이를 즐겨 매는 이유는 빨간색이 행운을 가져다준다는 속설 때문이기도 하지만 기자와 카메라맨의 시선을 집중시키는 데 큰 효과가 있기 때문이라고 한다. 그렇다고 해서 정치인들 모두가 빨간색 넥타이를 맬 수 있는 것은 아니다. 적어도 2선 이상의 중진의원 또는 최고의원, 당대표 등 당내에서 영향력 있는 의원들에게만 허용된다고, '불문율'로 알려져 있다.

미국의 트럼프 대통령도 인터뷰를 하거나 텔레비전에 출연할 때 보면 항상 빨간색 넥타이를 맨 모습을 보게 되는데 만약 대통령도 빨간색, 보좌관도 빨간색, 비서진도 빨간색 등 대통령을 수행하는 참모들 모두가 빨간색 넥타이를 매고 트럼프와 함께 나란히 서 있다고 가정하면 정말 세상의 웃음거리가 될 가능성이 높다. 따라서 행사를 준비하는 참모들과 주변인들은 그날의 주인공인 대통령과 차별화된 복장을 갖추는 것이 예의에 벗어나지 않는다.

오래전부터 동서고금을 막론하고 빨간색은 부와 권력, 황제를 의미했다. 천주교 교황과 주교들도 빨간색 모자를 쓰는데 이유는 신성함과 권위를 상징하기 때문이라고 한다.

(악귀는 빨간색을 두려워한다.) 귀신은 빨간색과 밝은 것을 무척 싫어한다고 한다. 음양의 원리에 따라 빨간색은 밝은 양(陽)에 해당하므로 음(陰)에 해당하는 어둡고 침침한 악귀를 쫓아내거나 접근하는 것을 막아주는 효험이 있다는 게 역학을 공부하는 사람들의 공통적 논리이며 널리 알려진 일반적인 생각이다. 동짓날 팥죽을 먹는 풍습과 액운을 막아준다고 하는 부적의 색깔이 모두 빨간색인 이유도 거기에 있다.

주역(周易)이 사회통념인 중국에서는 빨간색이 아니면 거들떠보지도 않는다. 국기 전체가 빨간색임은 물론 사람들도 양말과 속옷까지도 빨간색을 많이 입는다고 한다. 빨간색이 악귀를 몰아내고 행운을 가져다주는 신통력이 있다고 굳게 믿고 있기 때문인 듯하다.

빨간색 유니폼을 입으면 승률이 높다. 중국 사람들만 빨간색을 좋아하는 것은 아니다. 우리나라도 2002월드컵에서 보여준 '붉은악마' 응원단의 물결은 하늘을 감동시켰고 빨간색 유니폼을 입고 경기에 임한 선수들의 경기결과도 매우 좋았다.

폴란드와의 본선 첫 경기에서 빨간색 유니폼을 입고 출전하여 월드컵사상 첫 승리를 거두면서 기분 좋게 출발했고 이후 대부분의 경기에서도 흰색셔츠와 빨간색 반바지를 입고 출전했었다.

이후 후부터 빨간색은 한국축구의 상징으로 여겨지고 있으며 축구팬들은 빨간색 유니폼을 입고 경기에 출전하는 날은 왠지 경기에서 승리할 것 같은 기대감을 갖기 시작했다.

박항서 감독이 이끄는 베트남 축구팀도 마찬가지다. 대부분 빨간색 유니폼을 입고 출전하는데, 그래서일까? 매 경기마다 예상 밖의 좋은 결과를 가져왔기에 빨간색이 행운을 가져다주는 길운(吉運)을 상징하는 것으로 자리매김하는 것 같은 분위기다.

사람들은 왜 이렇게 빨간색에 열광할까? 필자의 경험으로 볼 때 빨간색 옷을 입으면 뭔가 자신감이 생기고 분위기를 압도할 수 있는 기운을 받을 수 있을 것 같은 기대감 때문이다.

스포츠 경기에서 누군가 구경하고 있으면 평소보다 훨씬 잘하거나 더 열심히 하게 되는데, 이런 현상을 심리학에서는 '관중효과(Audience Effect)'라고 한다.

응원석에서는 붉은 물결이 출렁이고 경기장 안에서는 붉은 유니폼을 입은 선수들이 혼연일체가 되면 서로 교감이 이루어지면서 시너지효과가 나타나게 될 가능성도 배제할 수 없다고 생각한다.

☀

대화에서
주도권을
놓치지 말자

　겸손하되 비굴하지 않고, 당당하되 교만하지 않은 인품을 지닌 사람이 있다면 그는 신으로부터 최고의 선물을 받은 사람이다.

　누구나 약간의 고집과 아집, 그리고 모순을 가지고 있다. 조직을 이루는 무리 중에는 반드시 각기 다른 성품, 개성, 기호, 습관을 가지고 있게 마련인데 대화의 자리에서 아무 말 없이 끝까지 듣고만 있는 사람, 적당히 맞장구치며 분위기를 한껏 고조시키는 사람, 다른 사람에겐 말할 기회조차도 주지 않고 혼자에게 열중한 사람도 있다. 세 부류의 사람들 중 누가 옳고, 누가 더 현명하고, 누가 그르다고 할 수는 없다.

　첫 번째 케이스에 해당하는 사람은 보편적으로 성품이 어질고 모험보다는 안정을 우선으로 하는 '내부지향적'인 성격일 가능성이 높다. 두 번째에 해당하는 사람은 분석적이고 매우 영리하며, 조직에 활력을 불어넣는 '호감형' 인물이라 어딜 가든 인기가 높다. 세 번째에 해당하는 사람은 주도적인 장점을 가지고 있지만 쉽게 흥분하고 스스로 만족하는 '자아도취형'에 가까운 사람이라고 볼 수 있다.

'침묵은 금이다.'라는 말이 있다. 또 '모를 때는 가만히 있으면 중간은 간다.'라는 말이 있지만 필자는 그렇게 생각하지 않는다. 침묵은 함께 있는 사람에게 답답하고 외로움을 느끼게 할 뿐 그것이 교양 있는 사람만이 선택할 수 있는 미덕이거나 최고의 가치는 아니라고 본다.

원하는 것이 있으면 상대방이 알아서 챙겨주기를 바라지 말고 분명히 요구하고 싫으면 싫다, 좋으면 좋다고 확실하고 정확하게 자신의 의견을 표현해야 한다.

침묵이 금인 때는 따로 있다. 특정인을 대상으로 비방하거나 험담할 때는 동조하지 말고 화제를 돌리거나 침묵하는 것이 상책이다. 또 상대방과 서로 의견이 맞지 않을 때 즉석에서 반론을 제기하면 자칫 논쟁으로 번질 수 있기 때문에 이럴 때는 침묵하는 것이 나쁜 상황을 빠르게 정리하거나 분위기를 회복하는 데 효과적이다.

잘난 척, 많이 아는 척하는 것도 뛰어난 기술이다.

축구경기에서 기량이 뛰어난 선수에게 볼과 기회가 자주 오듯이, 대화에 있어서도 주도권을 가지고 분위기를 이끌어가려면

듣기만 해도 가슴 뛰는 말

우선 일반적인 지식이든, 전문적인 지식이든, 많이 알고 익히는 게 중요하다.

배우고 익힌 지식을 체계적이고 논리적으로 설명할 수 있도록 적절한 비유와 사례를 찾아 자신의 것으로 만들고 활용하기 위해서는 다양한 종류의 책을 읽기도 하고, 정기간행물을 구독하거나 신문 등을 가까이 하여 가급적 많은 정보를 수집하는 노력이 필요하다.

오스트리아의 정신분석학자 아들러는 "트라우마와 콤플렉스는 과거의 경험이나 원인에 의해서 만들어지는 것이 아니라 어떤 목적을 위해 의도적으로 그때의 상황을 수단으로 이용하는 것이다."라고 했다. 프로이트가 겉으로 나타나는 모든 현상과 결과를 트라우마와 콤플렉스에서 찾은 '원인론적' 입장이라면, 아들러의 경우는 행위의 결과를 원인이 아닌 의도된 목적에서 접근한 '목적론적' 심리학이라고 볼 수 있다. 예를 들어 식당에서 종업원이 실수로 손님 테이블에 물을 쏟았을 때 종업원에게 큰 소리로 화를 내는 이유는 물을 쏟아서가 아니라 종업원보다 자신이 더 우월한 존재임을 확인시켜 주기 위한 목적을 가지고 화를 낸다는 것이 아들러의 생각이다.

이러한 아들러 심리학을 응용해 본다면, 아는 것이 많아서 잘난 척하는 것이 아니라 책을 읽고, 정보를 수집하고, 지식을 습득하는 이유는 대화의 분위기를 자신이 원하는 방향으로 이끌고 가기 위한 차별화된 목적 때문이라고 할 수 있겠다.

유대인들은 '입을 열어야 성공한다.'고 가르친다. 가만히 있으면 중간은 가는 게 아니라 틀린 답을 내놓으면 2등이고, 침묵만 지키면 3등을 면치 못한다.

그러나 조심해야 할 것도 있다. 칸트는 '유식한 것 같은 기분이 들 때가 가장 위험하다.'고 경고했다. 그러므로 항상 돌다리도 두드려가며 건너는 심정으로 신중하게 접근해야 경솔함에서 오는 실수를 줄이고 상대방에게 상처를 주거나 적을 만드는 일이 없을 것이다.

☀

세상은
모두 말장난

'말 한마디로 천냥 빚 갚는다.'는 속담이 있다. 아주 간단하고 명료하면서도 그 깊은 뜻을 표현하기에 조금도 부족함이 없는 명언 중의 명언이다.

나는 이런 속담을 접할 때마다 마치 스님들께서 화두를 가지고 깊은 명상에 들었다가 크게 한 소식 했을 때 느끼는 기분을 짐작할 수 있을 것 같기도 하고, 한글의 우수성을 입증하는 결정타 같아서 온몸에 소름이 돋기도 한다.

말 한마디로 천냥 빚을 갚는다는 속담은 '말을 잘하면 어려운 일을 쉽게 해결할 수 있고, 말을 어떻게 하느냐에 따라 결과가 크게 달라진다.'는 의미다.

지혜로운 사람들은 천냥 빚을 어떤 방법으로 어떻게 갚았는지 몇 가지 사례를 들어보고자 한다.

▶ 재치의 결정판

어느 면접시험에서 면접관은 피면접자들에게 '당신은 운전자이고 정류장에는 몸이 아픈 할머니, 의사, 자신의 이상형인 아름다운 여자가 있다. 세 사람 중 단 1명만 태워야 한다면 당신은 누구를 차에 태우겠는가?'고 물었다.

그중 한 사람만이 합격했는데, 그의 대답은 이랬다. '몸이 아픈 할머니를 태운 뒤 운전대를 의사에게 맡겨 할머니를 병원에 모시고 가도록 안내하고, 자신은 차에서 내려 이상형의 여자와 다음 버스를 기다리고 있겠습니다.'

이 얼마나 재치가 넘치는 답변인가? 만약 내가 면접관이었다 하더라도 고민 없이 그 청년에게 후한 점수를 줬을 것 같다.

▶ 내게도 두 얼굴이 있었으면

아브라함 링컨이 대통령이 되기 전 상원의원 선거에 출마하여 유권자들을 대상으로 연설하는 자리에서 상대후보가 "링컨은 과거에 사업을 하면서 관계자로부터 뇌물을 받은 적이 있는 두 얼굴을 가진 사람이다."라고 비방하자, 링컨은 유권자들을 향해 이렇게 말했다.

"유권자 여러분! 만약 내게 두 얼굴이 있다면 오늘같이 좋은 날 왜 이렇게 못생긴 얼굴을 가지고 나왔겠습니까?"

말이 떨어지자마자 광장을 가득 메운 유권자들은 링컨을 향해 환호성을 질렀다고 한다.

만약 링컨이 상대후보의 비방을 방어하기 위해 항변을 했거나 변명을 늘어놓았다면 상대후보는 틀림없이 또 다른 약점을 들어 링컨을 공격했을 것이고 연설장은 서로 물고 뜯는 진흙탕이 되었을 것이다.

▶ **어릴 때부터 끼가 남달랐던 카이사르**

로마의 영웅 카이사르는 젊은 시절 군사학교에서 훈련을 받다가 실수로 자신의 칼을 잃어버렸다.

앞이 캄캄했던 카이사르는 고민 끝에 궁여지책으로 나무칼을 만들어 칼집에 넣은 뒤 아무 일 없었다는 듯 태연하게 훈련에 임했고, 이를 눈치 챈 교관은 어느 날 카이사르를 불러 많은 병사들 앞에서 다음과 같이 명령한다. '네 앞에 무릎 꿇고 있는 저 병사는 군법을 위반한 중죄인이니 너의 칼로 당장 저놈의 목을 쳐서 군율의 위엄을 보여 주거라.'

불호령 같은 교관의 명령에 카이사르는 정말 난감하기만 했다. 그렇다고 이제 와서 칼을 잃어버렸다고, 내가 가지고 있는 칼은 죄인의 목을 칠 수 없는 나무칼에 불과하다고 솔직하게 말할 수 있는 상황도 아니었다.

잠시 망설이던 카이사르는 땅에 무릎 꿇고 두 손을 모은 뒤 큰 소리로 하늘을 향해 이렇게 기도한다. '오~ 신이시여! 이 칼은 가족을 지키고 나라를 구하기 위해서만 사용해야 하는데 어찌 제게 이런 시련과 가혹한 시험에 들게 하십니까? 기도하나니 제 발 이 칼을 나무로 변하게 하여 주시옵소서.' 기도를 마친 카이사르는 애써 심각한 표정을 지으며 허리에 차고 있던 칼집에서 나무칼을 빼내어 높이 치켜들었다.

믿지 못할 광경을 지켜보고 있던 교관과 병사들은 경악을 금치 못했다고 전해지고 있으며, 훗날 백성들은 카이사르를 로마 역사상 가장 위대한 영웅으로 기억하게 되었다.

▶ **지혜는 날카로우나 갑 속에 든 칼이다.**

어느 날 명나라는 조선왕에게 다음과 같은 요구를 하며 사신을 보낸다.

'조선은 예로부터 손재주가 좋고 바위가 많기로 유명한 나라이니, 돌로 말 500필과 군사 500명을 실어 나를 수 있는 배를 만들어 조공으로 바치시오.'

이와 같은 요구를 받은 조선의 조정은 그야말로 아수라장이 되고 임금은 병까지 얻어 자리에 눕게 된다.

아무리 손재주가 뛰어나다 하더라도 어찌 돌로 말 500필과 군사 500명을 태울 수 있는 배를 만들 수 있겠는가? 이건 분명 조선을 농락하고 들어주지 못할 요구를 하여 조선과의 외교에 있어 주도권을 확보하려는 속임수이거나 침략의 명분을 만들려는 잔꾀임에 틀림없었다. 그렇다고 대국의 요구를 완전 무시할 수 없는 노릇이고 부당한 요구임을 밝히고자 항변하거나 힘으로 대항할 수도 없는 그야말로 진퇴양난의 위기가 아닐 수 없었다. 조정대신들은 고민 끝에 해결할 방법을 찾기 위해 방을 붙이기도 하고 전국으로 흩어져 직접 인재를 찾아 나서게 된다.

어느 마을에 들어서자 겉보기에 스무 살이 채 안 돼 보이는 앳된 소년이 조정대신을 찾아와 명나라의 요구를 해결할 수 있는 묘책이 있으니 자신을 궁궐로 데려가 달라고 간청했다. 소년의 말을 믿을 수 없었던 대신은 그 묘책이라는 것이 도대체 무엇인지 미리 자신에게 귀띔이라도 해주기를 바랐지만 소년은 단호하게 거절했다.

선택의 여지가 없었던 조정대신은 하는 수 없이 어린 소년을 데리고 궁궐로 들어오게 되고, 소년은 조선의 임금과 명나라 사신 앞에서 이렇게 말한다.

'우리 조선은 바위가 많아 돌로 배를 만드는 것은 어렵지 않습니다. 다만 육지에서 만든 배를 바다까지 옮기려면 배의 무게를 지탱할 수 있을 만큼 단단하고 질긴 새끼줄이 있어야 하는데, 명나라는 모래가 많은 나라이니 모래로 새끼줄을 만들어 보내주면 그 날짜에 맞춰 우리도 배를 만들어 놓겠습니다.'

이에 당나라 사신은 노발대발하며 소년을 향해 이렇게 말한다. '네 이놈! 나이도 어린놈이 감히 대국의 사신 앞에서 농담을

하는 게냐, 어찌 모래로 새끼줄을 만들 수 있단 말이냐?'

이에 소년은 조금도 당황하거나 기죽지 않고 명나라 사신의 눈을 똑바로 바라보며 이렇게 말한다. '당치도 않습니다. 어느 안전이라고 제가 농담을 하겠습니까? 소인은 다만 조선과 명나라 양국가간 상호 신뢰를 바탕으로 국교를 돈독히 하고자 할 따름입니다.'

소년의 지혜와 당당한 태도를 지켜보고 있던 명나라 사신은 조선왕과 대신들을 향해 이렇게 말하고 명나라로 되돌아가게 된다.

'조선은 듣던 대로 지혜가 뛰어나고 인재가 많은 나라임을 깨닫게 되었소. 돌로 배를 만들어 보내라는 황제의 요구는 없던 것으로 하겠소.'

이 얘기가 실제로 기록에 남아있는 역사적 실화인지 아니면 옛날부터 전해져 내려오는 설화인지 알 수 없다. 다만 한 소년의 남다른 지혜와 재치가 돋보이는 이 일화야말로 천냥 빚을 갚은 정도가 아니라 한 나라를 위기로부터 구한 최고의 명장이라 할 수 있겠다.

▶ 트로이 목마의 진실

만화와 영화로 제작되어 이미 널리 알려져 있는 스토리지만 마지막으로 그리스 신화에 등장하는 '트로이 목마'에 얽힌 사연

하나를 더 소개하고자 한다.

그리스와 트로이는 무려 9년 동안이나 서로 죽이고 빼앗는 처절한 전쟁을 치르게 되는데, 끝이 보이지 않던 지루한 전투는 그리스의 영웅 '오디세우스'의 계략과 화술이 뛰어난 '시논'에 의해 마침내 종지부를 찍게 된다.

그리스군대를 이끌고 있던 총사령관 오디세우스는 트로이성 밖에 목마를 만들어 그 안에 무술이 뛰어난 정예군 200명을 숨겨 놓은 뒤 배를 타고 철수하는 척하며 시논을 시켜 거짓 항복케 한다.

트로이군에 포로로 잡힌 시논은 트로이의 장수와 군사들이 보는 앞에서 눈물을 흘리며 이렇게 말한다.

"나는 그리스군대가 철수하면서 안전하게 바다를 건너기 위해 바다의 제물로 바쳐진 희생양입니다. 목마는 그리스가 아테나 여신에게 봉헌하기 위해 선물로 만든 것이며, 목마가 이렇게 큰 이유는 만약 목마를 트로이 성안으로 끌고 들어갈 경우 아테나 여신의 총애가 그리스 군에서 벗어나 트로이군에게 향하게 될 것을 우려하여 트로이군이 목마를 성안으로 가지고 들어가지 못하고 파괴시킴으로써 아테나 여신의 분노를 사도록 하려는 계략이었습니다."

시논의 이와 같은 거짓말은 치밀하다 못해 눈물겹도록 아름답기까지 했다.

시논의 말을 철석같이 믿은 트로이병사들은 목마를 성안으로 끌고 들어가게 되고, 밤새 승전의 축배를 드는 사이 목마에 숨어있던 200명의 그리스군사들이 마침내 트로이를 함락하면서 9년간의 길고긴 전쟁을 끝내게 된다.

면접관의 마음을 움직인 시험응시자의 재치, 진정성 있는 링컨의 담백한 유머, 교관과 병사들을 경악케 한 카이사르의 기도, 당나라 사신을 머쓱케 만든 댕기머리 소년의 지혜와 용기, 트로이전쟁을 승리로 이끈 시논의 거짓말, 이 얼마나 순발력 있고 재치 있는 사례들인가?

필자가 '세상은 모두 말장난'이라고 표현한 이유는 위의 사례에서 보았듯이 말을 어떻게 하느냐에 따라 불행을 자초하기도 하고 곤경과 위기로부터 벗어나게도 할 수 있음을 강조하기 위함이다.

말 한마디로 천냥 빚을 갚을 수도 있지만 반대로 말을 잘못하면 오히려 천냥 빚을 더 떠안게 될 수도 있다. 그리고 보면 조상들이 남긴 지혜와 속담이 주는 교훈이야말로 현대를 살아가는 우리에겐 성스러운 감로수가 아닐 수 없다.

들기만 해도 가슴 뛰는 말

☀

글자 하나에
흔들리는 마음

'열심히 일한 자동발매기 오늘 하루 쉽니다.'

이 문구는 고장 난 민원서류 자동발매기에 붙여진 안내문으로 '열심히 일한 당신 떠나라'라는 TV 광고카피를 패러디한 것이다.

얼마나 아름답고 멋진 표현인가? 나는 이런 경이로운 문구를 접할 때마다 그 어떤 상황이든 유연하고 다양하게 표현이 가능하도록 만든 우리 한글의 우수성에 다시 한 번 감동받는다.

만약 단순하게, 대부분 그렇듯이 '고장'이라고 적어놓았다면 아마 자동발매기를 이용하려는 사람들은 "에이! 빌어먹을, 또 고장이야?" 하고 눈살을 찌푸리며 발로 '툭' 차버렸을지도 모른다.

하지만 '열심히 일한 자동발매기 오늘 하루 쉽니다.'라는 표현 앞에서는 누구라도 화를 낼 수도, 원망할 수도 없을 것이다. 또

'이용에 불편을 드려 죄송합니다.'라는 눈물겨운 사과문이 없어도 고객들에겐 용서가 된다. 오히려 웃으면서 '그래, 너 그동안 참 고생 많았지, 이왕 쉬는 거 며칠 더 쉬도록 해라.' 하며 기분 좋게 발걸음을 돌려 다른 방법을 찾아나섰을 것이다.

'말 한마디로 천냥 빚 갚는다.'는 속담의 효력이 또 한 번 입증되는 순간이다. 우리에게 익숙한 '칭찬은 고래도 춤추게 한다.'라는 책의 제목은 원래 '칭찬의 힘'이었으나 출판과정에서 바뀌었다고 전해진다.

이 또한 얼마나 경이로운 표현인가? 만약 '칭찬의 힘'이라는 제목으로 출간되었더라면 세간에 주목받지 못하고 대부분의 많은 책들처럼 서점의 맨 꼭대기에 진열된 채 아직도 잠들어 있을지도 모른다.

듣기만 해도 가슴 뛰는 말

☀

아 다르고
어 다르다

화창한 봄날 어느 도시의 거리에 앞 못 보는 걸인이 구걸하고 있었다. 그의 앞에는 '나는 맹인입니다(I am blind).'라고 적힌 푯말이 놓여있었고 모자 안에는 몇 푼 안 되는 동전만 있을 뿐 대부분의 사람들은 관심 없이 지나쳤다. 마침 그 앞을 지나가던 한 신사가 걸인의 푯말을 이렇게 바꾸어 놓는다. '봄이 다가오고 있습니다. 하지만 나는 볼 수가 없습니다.'

그로부터 상황은 급격히 달라졌다. 지나가는 사람들은 잠시 발걸음을 멈추게 되고 그 걸인의 모자 안에는 동전 대신 지폐가 수북이 쌓이게 된다.

우리 속담에 '아 다르고, 어 다르다'는 말이 있다. 앞의 사례를 실감나게 비유한 아주 적절한 속담이다. 이렇듯 말이라는 것은 같은 목적의 의미로 썼다 하더라도 어떻게 표현하느냐에 따라 결과와 효과는 크게 달라진다.

만약 다음과 같은 내용의 설문조사에 참여한다면 사람들은 어느 문항에 더 후한 점수를 주게 될까?

'정부의 출산장려정책이 당면한 인구감소와 고령화 문제를 해결하는 데 큰 도움이 될 것으로 믿는다.'

① 그렇다.

② 전혀 그렇지 않다.

③ 잘 모르겠다.

④ 깊게 고민해본 적은 없지만 다소 효과가 있을 것으로 판단하는 데는 의심하지 않는다.

여기서 세 번째 문항과 네 번째 문항 사이에 어떤 차이가 있을까? 별 차이가 없다. 그 말이 그 말이다. 하지만 3번 문항보다는 4번 문항을 선택한 응답자들이 훨씬 많을 것으로 짐작한다.

어느 정치인은 오래전에 있었던 특정사건을 거론하면서 '쿠데타적 사건'이라는 애매한 표현을 썼다.

직설적으로 "그건 쿠데타다."라고 확실하게 단정 지었더라면 누구라도 거센 반발과 역풍을 피해갈 수 없을 것이다. 하지만 '적'이라는 글자 하나 추가함으로써 의미는 충분히 전달하되, 여론이 자신에게 불리하게 작용할 경우 한발 물러설 수 있는 여지

듣기만 해도 가슴 뛰는 말

를 남겨둔 셈이다.

보수와 진보 사이에서 갈등하는 유권자들을 겨냥한 '중도보수'
가 생겼다. 만약 "당신은 보수입니까? 진보입니까? 중도보수입
니까?"라고 묻는다면 정치적 이념과 성향을 떠나서 세 번째 문
항을 선택한 경우가 더 많을지도 모른다.

이렇듯 우리가 사용하는 언어는 'Yes'와 'No'만 있는 것이 아니
다. 단정 지을 수 없는, 굳이 단정하지 않더라도 그 의미를 충분
히 전달할 수 있는 묘한 기능과 매력을 가지고 있다. 그런 매력
을 발견하고, 편집하고, 변형시켜서 자신의 것으로 만들어 활용
하는 것이 실력이며 경쟁력이다.

☀

서툰 번역자가
되지 말자

흔히 무뚝뚝하고 재미없는 남자를 빗대어 자주 인용하는 우스 갯소리가 있다. 30년 전으로 돌아가 용두산공원 벤치에 앉아서 데이트 하는 두 연인의 대화를 엿들어보자. 여인은 아름다운 밤 하늘을 그윽한 눈으로 바라보며 남자에게 이렇게 말한다.

"자기야, 저 달 참 밝다. 그치?"

"보름달이니까 밝지."

"⋯⋯?"

잠시 침묵이 흐른다. 머쓱해진 여인은 용기를 내어 이번에는 어깨를 남자 쪽으로 약간 기울게 하여 이렇게 속삭인다.

"자기야, 밤이라서 그런지 좀 춥다. 그치?"

"그러기에 내가 뭐랬어. 밖에 나올 때는 짧은치마 입지 말라 고 했잖아."

듣기만 해도 가슴 뛰는 말

"……."

재미있으라고 하는 말이겠지만 정말 이건 아니다. 보름달이 밝은 것은 누구나 다 아는 사실이다. 정말 분위기 확 깬다. 그럼 요즘 부부들의 대화는 어떤가? 그전보다 진화했을까? 이번에는 한 가정의 아파트 거실로 옮겨보자.

"여보, 나 눈 밑에 주름살 생겼지?"

"아니, 잘 모르겠는데?"

"에이! 자기는 내게 관심도 없어. 잘 봐봐."

"응, 그러고 보니 좀 그런 것 같기도 하고…."

옛날이나 지금이나 별로 달라진 게 없는 것 같다. 전혀 마음에 들지 않는다. 그럼 이번엔 화면을 미래의 중년부부 침실로 옮겨보자.

"하니~잉, 요즘 나 살 많이 쪘지, 뚱뚱해보이지 않아?"

"아냐, 전혀 그렇지 않아. 요즘은 미인의 조건과 기준이 바뀌고 있어. 중국의 3대 미녀 중 한 사람인 양귀비도 사실은 좀 통통한 편이었다고 하잖아. 지금이 딱 그 스타일이야."

"정말? 호호호…."

"여자는 심리학의 원서, 남자는 서툰 번역자다"라는 말이 있다. 여자들이 물어볼 때는 스스로 '살쪘다.'는 사실을 인정하거나 확인하고 싶어서 물어보는 것이 아니다.

그렇다고 해서 '잘 모르겠다.' '아니다.'라고 부인하거나 보이는 그대로 솔직하게 대답하는 것도 진심으로 원하는 답이 아니다.

남자들이여! 행여 부인이 '시댁 사람들은 어떻다. 친구 남편은 돈을 많이 번다더라. 초등학교 동창회에 갔더니 공부도 못하던 애가 외제차를 몰고 왔더라. 이웃집 부부는 해마다 유럽여행을 다녀온다더라.' 하면서 부러운 듯 얘기하거나 불만을 표시할 때 조목조목 반론을 제기하며 논리적으로 해결하려고 접근하지 마라. 부인들이 자신도 그렇게 팔자 좋은 여자로 만들어 주거나 꼭 해결해주기를 간절히 바라는 마음에서 하는 얘기가 아니다. 현실적으로 불가능하다는 것은 오히려 부인들이 더 잘 안다. 그냥 보고 들은 대로 큰 의미 없이 하는 얘기이니 너무 민감하게 반응하지 말고 그럴 때는 '응, 그래?' '그랬어?' '그 친구 좋겠네.' 하고 무덤덤하게 넘어가면 된다. 반론을 제기하거나 해결해주려고 무리수를 선택하면 자칫 언쟁으로 변할 수도 있고 오히려 더 큰 화근이 될 수도 있다.

만약 현재 부부간에 사소한 일이나 일상적인 소통의 문제로 자주 갈등하고 있거나 미래의 부부라면 '화성에서 온 남자 금성에서 온 여자'라는 책을 꼭 한번 읽어보기를 권한다.

영어사전에 있는 'Kind'라는 단어는 친절이라는 뜻 외에도 '종류'라는 의미도 있다고 하니 남자들은 서툰 번역자가 되지 않도록 주의를 기울여야 한다.

나무꾼이 사슴을 쫓는 사냥꾼에게 사슴이 달아난 방향을 정반대로 알려주는 것처럼 살다보면 때론 선의의 거짓말이 필요할 때가 많은데, 적당한 핑계와 거짓말도 지혜이며 기술이다. 그런 경우 하는 거짓말을 우리는 '하얀 거짓말'이라고 한다. .

☀

언어의 품격

일반적으로 말을 할 때 아름답고, 설득력 있고, 흥미롭고, 수준 있게 잘 하는 사람을 보면 '부럽다, 타고났다.'고 한다.

정말 말 잘하는 사람은 타고난 것일까? 대부분의 전문가들은 그렇게 생각하지 않는다.

물론 인간의 두뇌 중 왼쪽 뇌는 언어, 분석, 논리적 사고를 담당하고, 오른쪽 뇌는 직감, 예술, 창조적 사고를, 전두엽은 사회성을 담당한다고 한다. 그래서 말을 논리적으로 잘하는 사람은 오른쪽 뇌보다 왼쪽 뇌가 더 발달한 경우라고 보는 견해는 크게 다르지 않다.

그러나 인간은 주변 환경에 영향받고 선천적인 것보다 후천적 영향을 받는 경우가 더 많기 때문에 얼마든지 부족한 부분을 보완하거나 개선할 수 있다.

듣기만 해도 가슴 뛰는 말

대중 앞에 서는 것에 두려움을 느끼고, 말을 더듬고, 앞뒤 순서가 안 맞고, 사용하는 어휘도 풍부하지 못하고, 생각한 의도와 전혀 다르게 튀어나오고, 논리적이지 못한 것들은 반복된 훈련과 학습을 통해서 얼마든지 개선할 수 있다.

말을 설득력 있고, 논리적이고, 유식하게 표현하는 데 있어 가장 중요한 것은 풍부한 어휘력을 갖추는 것이다.

지구상에는 수백만 개의 단어가 있고, 우리 국어사전에도 수십만 개의 어휘가 들어있다. 보통사람들은 죽을 때까지 대략 2,000개 정도의 단어를 사용하지만 톨스토이 작품 속에는 무려 8,000개의 단어가 등장한다고 한다.

시인이나 소설가 중에는 남녀 간의 아름답고도 애잔한 연애사연을 가지고 있는 경우가 많은데, 직설적이고 사실적으로 표현하는 웅변가와 달리 눈으로 보고 귀로 듣되 그것을 자연에 비추어 아름답게 가공하고 가슴으로 표현하기 때문에 이성에게 더 호감을 주기 때문이 아닐까 생각한다.

서점에 가면 커뮤니케이션의 기술, 자기관리 요령, 설득력 있는 대화법, 대인관계를 개선하는 방법 등 자기개발을 위한 지침서들이 홍수를 이루고 있다. 언어와 자세를 교정해 주는 스피치 학원도 많다.

그런 수많은 책들이 한결같이 주장하고 권장하는 공통점은, 말은 선천적으로 타고나는 것이 아니라 반복된 훈련과 노력에 의해 극복이 가능하다는 점이다.

▶ 풍부한 어휘를 익히고 개발한다.

앞에서 언급한 바와 같이 사전에는 수십만 개의 단어가 있다. 사전을 펼쳐서 처음부터 끝까지 되풀이하여 읽어보고 아름다운 단어, 고급스런 낱말, 경제학·철학·과학·심리학 등 활용가치가 있는 전문용어와 어휘들을 기억해 두거나 자신만의 단어장을 만들어 놓으면 일상적인 대화에서뿐만 아니라, 훗날 글을 쓸 기회가 있을 때 적절하게 활용할 수 있는 유용한 자료가 된다.

▶ 고급언어를 사용한다.

오래전 KTX열차를 이용하면서 좌석이 없어 객차 사이에 있는 보조의자에 앉아 여행한 적이 있다. 이때 마침 특실에 앉아있던 유명한 정치인이 객실 밖에서 전화 통화하는 내용을 본의 아니게 엿듣게 되었다. 대충 들리는 통화내용으로 보아 급하게 처리해야 할 현안이 있는 것 같았지만 그는 절대 흥분하거나 자신의 생각만을 강요하지 않았다. 더구나 한마디 한마디에 겸손과 교양이 넘쳐흐르는 것을 보고 놀란 적이 있다.

글 읽는 양반들에겐 선비의 언어가 있고, 주막집 주모에게는 주막집 언어가 있다. 아나운서에게는 격조 높은 언어가 있고, 술주정뱅이에겐 주정뱅이의 언어가 있다.

요즘은 때와 장소를 가리지 않고 휴대폰을 사용하기 때문에 내 의지와 상관없이 주변사람들에게 그대로 노출된다. 가급적 지적이고 교양 있는 언어를 사용해야 한다. 언어가 그 사람의 품위와 인격을 판단하는 기준이 될 수도 있기 때문이다.

▶ 출처와 객관적인 자료를 제시한다.

옛날에 이런 얘기가 있었다더라, 또는 어디서 들은 얘기인데 등 막연하거나 출처가 불분명한 내용은 설득력이 약하다.

'어느 컨설팅사의 연구결과에 따르면' '오늘 조간신문 기사에 보면' '2년 전 통계청 발표에 따르면' '모 기관의 여론조사결과에 따르면' '최근에 겪었던 내 경험에 의하면' '헤르만 헤세의 자서전에 보면' 등 출처와 객관적 자료를 분명하게 제시하는 것이 효과적이고 청중들에게 믿음을 준다.

예를 들어 "인간의 평균수명이 옛날보다 많이 늘었고, 청소년들의 신장도 훨씬 커졌다."라고 하기보다는 "2015년 기준 우리나라 평균수명은 85세로서 20년 전보다 16세가량 늘었고, 청소년의 평균 신장도 164cm에서 173cm로 무려 9cm 정도 성장한 것으로 조사되었다."라고 구체적으로 숫자를 제시하는 것이 훨씬 더 설득력이 있다.

▶ 상대방 눈높이에 맞춰야 한다.

강의를 준비하는 과정에서 청중들의 수준을 파악하는 것은 기본이다. 성별, 연령, 학력수준, 조직의 정서 등은 반드시 확인해야 한다.

또 좋은 말, 전문적인, 고급언어라고 해서 누구에게나 획일적으로 적용하는 것은 바람직하지 않다. 예를 들어 귀농한 사람들을 대상으로 강의할 때 "아웃풋을 극대화하기 위해서는 적당한 영양소의 공급과 밸런스가 중요하다." 이런 표현보다는 "농사를 잘 지으려면 거름을 제때에 알맞게 주어야 한다."가 더 잘 어울린다.

중년의 남성과 여성들을 대상으로 하는 강의라면 "아저씨 아줌마가 몰래 옥수수 밭으로 들어갔는데 안 보였다."보다는 "중년쯤 되어 보이는 두 남녀가 은밀하게 옥수수 밭으로 들어가 곧 모습을 감추었다."가 훨씬 더 세련된 화법이고 호기심을 유발한다.

감성적인 직업을 가진 사람들을 대상으로 하는 자리라면 "평소에는 걸어서 다니는 길이지만 오늘은 귀찮아서 자전거를 타고 가는데 길옆에 꿩인지 닭인지 비둘기인지 첨보는 예쁜 새가 인기척을 느끼고 날아갔다." 이렇게 표현하는 것보다는 "오늘은 왠지 좋은 일이 있을 것 같은 예감이 들어 평소에 걷던 길을 자전거를 타고 휘파람을 불며 가고 있는데, 무지갯빛 깃털을 가진 아름다운 새 한마리가 인기척을 느끼고는 긴 꼬리를 보이며 하늘을 향해 날아갔다. 새의 눈부실 만큼 화려한 모습에서 마치 전설 속에 나오는 봉황새를 보는 듯 했다."고 표현하는 것이 훨씬 더 매력적으로 들린다.

▶ **자신의 결점을 드러낼 필요는 없다.**

강의를 시작하기에 앞서 대개 인사말을 하는데 이때에도 세심한 배려와 주의가 필요하다.

"제가 급하게 연락받고 오느라 준비를 못해서 혹시 내가 실수하더라도 양해바랍니다." 또는 "잘 아는 것도 없는데 오늘 어떻게 해야 할지 두렵기만 합니다." 등의 겸손한 고백은 굳이 할 필요가 없다. 준비가 부족했는지, 정말 아는 게 별로 없는지는 청중들이 판단한다.

솔직하고 겸손한 게 큰 흠이 되지는 않겠지만 미리 기죽을 필요는 없다. 하다가 모르거나 막히면 차라리 청중들에게 적당한 비유를 들어 직접 물어보는 것도 재치다.

정말 준비할 시간이 부족하여 완벽하게 해낼 자신이 없다면 이렇게 바꿔 보자 "오늘 이 시간을 위해서 나름 열심히 준비했습니다. 그리고 준비하는 시간 내내 무척 행복했습니다. 하지만 여기 앉아계신 여러분을 만난다는 기대와 설렘이 어젯밤 잠을 설치게 하는 바람에 다소 긴장이 되기도 합니다만, 여러분들께서 널리 양해해주실 것으로 믿고 힘을 내겠습니다." 이렇게 표현하는 것이 훨씬 더 당당하고 전문가답게 보인다.

▶ 이런 하찮은 실수가 청중들을 화나게 한다.

강의를 듣다 보면 예상하지 못한 강사의 실수를 종종 경험하게 되는데, 이를테면 '포스코'를 포항제철로, '코레일(한국철도공사)'을 철도청으로, 'KT'를 한국통신공사 또는 전화국으로, '미얀마'를 버마로 표현하는 경우가 대표적인 사례다.

'개떡같이 말해도 찰떡같이 알아들으면 되지요.' 하며 대수롭지 않게 생각하고 그냥 넘어갈 수도 있겠지만 정말 바뀐 것을 몰라서 그랬는지, 아니면 익숙한 것에 대한 고집인지, 이미 수십 년 전에 바뀐 기업의 호칭과 명칭을 그대로 사용하는 것은 중대한 하자이자, 조직에 대한 결례라고 생각한다.

필자는 한때 직장에서 열차를 이용하는 정치인과 국내외 주요 인사들의 의전과 안내 업무를 담당한 경험이 있다. 의전할 대상이 정해지면 재빨리 인터넷을 검색하여 그분들의 간단한 프로필을 확인한다. 고향은 어디인지, 어떤 내용의 책을 썼는지, 최근 언론에 보도된 미담 사례는 없는지, 그분이 어떤 분야에 관심을 가지고 있는지 등을 미리 파악해 두었다가 아주 짧은 시간이지만 적절한 타임을 활용하여 공감을 표시하기도 하고 기분 좋게 피드백하면서 이동한다.

강의를 준비하는 과정에서 그 조직의 직원 수는 대략 몇 명이며 어떤 정서를 가지고 있는지, CEO는 어떤 사람인지, 주력사업은 무엇인지, 최근 뉴스를 통해서 알려진 현안사항은 무엇인지, 등을 모니터링한 후 강의내용에 반영하는 것은 기본이다. 하물며 이미 오래전에 바뀐 기업의 이름과 브랜드를 그대로 사용하는 것은 그 조직에 대한 예의가 아니다.

　큰 댐도 작은 개미구멍 하나에서 무너지듯 실수는 미처 예기치 못한 사소한 것에서 비롯될 수 있으므로 항상 세심한 부분까지도 주의를 기울여 준비하고 재차 확인해야 한다.

5장

사주팔자와
운명은
이렇게 바꾼다

☀

모든 사람은
자신의 운명을 만드는
목수

　미국의 사회심리학자 윌리엄 제임스는 "우리 세대의 가장 위대한 발견은 자신의 생각을 바꿈으로써 자신의 운명을 바꿀 수 있다는 것이다."라고 했다.

　일반적으로 사람의 지능과 성격은 유전적 요인보다 환경적 요인에 더 영향을 받는다고 알려져 있다. 맹자의 어머니는 맹자를 교육하기 위해 세 번 이사했고, 대한민국 자녀들도 학군 좋은 서울강남으로 몰리는 현상은 하루 이틀 얘기가 아니다.

　우리가 먹는 음식도 마찬가지다. 자연산 물고기가 양식장에서 기른 물고기보다 몇 배 더 비싸고, 비닐하우스에서 재배한 것이 아닌 노지에서 자란 채소라면 훨씬 많은 돈을 지불하더라도 아깝지 않다.

　자연산에 열광하는 이런 현상을 두고 건강염려증에 걸렸다고 비웃는 사람은 아무도 없다. 많이 가진 자의 오만이라고 비방하는 사람도 없다. 공해 없는 좋은 환경에서 자란 것이기에 자녀들에게 안심하고 먹일 수 있고, 뭔가 탁월한 효능이 있을 것으로 기대하는 것은 당연하다.

그렇다면 환경은 인간의 운명에 얼마만큼 영향을 미칠까? 프랜시스 베이컨은 "사람은 모두 자신의 운명을 만드는 목수다."라고 했다. 자신의 운명은 어떻게 설계하고, 어떤 재료를 쓰고, 어떤 작업과정을 거치느냐에 따라 크게 달라진다는 것을 역설적으로 표현한 멋진 명언이다.

☀

도라지가
산삼이 된 사연

　만약 여기에 금강산에서 캐온 산삼 한 뿌리가 있다고 가정하자. 이 산삼을 다른 사람에게 빼앗기지도 않고 깍두기 담그는 무만큼 크게 길러서 혼자 먹으려는 욕심에 자기 집 텃밭에 옮겨 심었다면, 20년 뒤에 어떻게 달라졌을까?

　반대로 텃밭에 있던 도라지 한 뿌리를 캐서 금강산이나 묘향산에 옮겨 심은 뒤 20년의 세월이 흘렀다면 어떻게 변했을까?

　아마 텃밭에 옮겨 심었던 산삼은 도라지만도 못한 총각무가 된 반면, 금강산에 옮겨 심었던 도라지는 산삼 못지않은 약효를 가진 명품이 되어있을 것이다.

　오래전 시골에서 열리는 5일 장터에 가보면 남녀노소 할 것 없이 구경꾼들에게 가장 인기가 많았던 볼거리는 역시 약장수였다.

　약장수는 구름처럼 모여든 구경꾼들을 향해 보기조차 두려울 만큼 큰 구렁이를 가지고 나와서는 이렇게 말을 시작한다.

"자~ 애들은 집에 가라. 이 뱀으로 말할 것 같으면 백두산에서 50년, 묘향산에서 30년, 지리산에서 20년, 모두 합쳐서 100년, 이 놈 한 마리만 먹어봐…."

약장수의 능청스런 입담과 카리스마는 구경꾼들을 들었다 놓았다 할 만큼 압도적이며 웃음과 흥미를 유발하는 데 충분했다.

그렇다면 왜 약장수는 값싼 건강보조식품 몇 개를 팔기 위해서 백두산이나 지리산 같은 명산을 들먹였을까? 또 구경꾼들은 무엇 때문에 100년 묵은 뱀이라는 말에 감쪽같이 속아서 손주에게 사탕 사주려고 오랫동안 속옷 깊숙한 곳에 꼬깃꼬깃 숨겨놓았던 아까운 돈을 서슴없이 약장수 앞에 던졌을까?

이유는 공기 맑고 물 좋은 명산 즉, 땅의 기운을 듬뿍 받은 좋은 환경에서 자란 뱀이기에 논두렁에서 자란 물뱀보다 약효가 훨씬 뛰어날 것이라는 기대와 믿음이 작용했기 때문이다.

환경은 유전적 요인보다 앞서고 선천적인 영향보다 후천적 영향이 더 많은 것을 지배한다는 근거와 논리에 대해서는 이미 많은 연구와 실험을 통해서 입증된 바 있다.

환경과 조건이 갖추어진다면 평범한 가정집 식탁에 오를 도라지가 임금님 수라상에 진상될 산삼이 될 수도 있고, 동네 우물을 망쳐놓는 흉측한 이무기도 구름을 타고 다니며 인간세계를 호령하는 용이 되어 보란 듯 승천할 가능성도 충분하다.

※

모든 것은
내 손 안에

불교에서는 환경보다 더 중요한 것은 마음이고, 생각이라고 가르친다. 석가모니께서는 "생각은 행동을 있게 하고, 행동은 습관을 만들며, 습관은 자신의 운명을 만든다."고 하셨다. 즉 운명을 결정짓는 데는 생각의 존재가 환경보다 더 크게 작용한 다는 의미다. 그와 관련하여 불교에서 전해 내려오는 일화 하나를 소개하고자 한다.

어느 날 사명대사는 금강산에서 수행하고 있던 서산대사를 찾아간다. 사명대사께서 서산대사의 방문을 열자 사명을 기다리고 있던 서산대사는 손에 한 마리의 참새를 쥐고 있다가 사명을 향해 이렇게 묻는다.

"사명아! 내가 이 참새를 죽이겠는가? 살려 보내겠는가?"

뜻밖의 질문을 받은 사명대사는 잠시 머뭇거리다가 이렇게 되

묻는다.

"큰스님, 그럼 제가 방안으로 들어갈 것 같습니까? 아니면 밖으로 나갈 것 같습니까?" 두 스님은 한동안 서로 눈빛만 나누다가 크게 웃는다.

손에 쥐고 있던 참새를 죽이든 살리든, 내 발을 방안으로 넣든 밖으로 빼든, 모든 것은 내 마음과 내 의지에 달려있음을 비유한 일화다.

원효대사께서 당나라 유학길에 올랐다가 해골에 고인 물을 마시고 크게 깨달은 바가 있어 되돌아오게 된 사연은 익히 잘 알려진 일화다. '모든 것은 사람의 마음에 달려있다'는 일체유심조(一切唯心造) 사상은 원효대사에 의해 불교의 흐름을 크게 바꾸어놓는 계기가 되기도 하였다.

불교에서는 만물의 이치와 절대불변의 진리를 뜻하는 '다르마(Dharma)'를 물이 흐르는 것과 같다는 뜻에서 '법(法)'으로 표현한다.

물의 모양을 보자.

물은 항상 높은 곳에서 낮은 곳으로 흐른다.

둥근 그릇에 담으면 둥근 모양이 되고, 네모난 그릇에 담으면 네모난 모양이 된다.

깊은 물은 소리 없이 조용히 흐르나 시냇물은 '졸졸' 소리 내며 흐른다.

뱀이 마시면 치명적인 독이 되지만 젖소가 마시면 고소한 우유가 된다.

맑고 깊은 물에서는 큰 물고기가 살지만 얕고 탁한 물에서는 작은 물고기가 산다.

이것이 물이 가지고 있는 성질이며 본질이다.

놀이터에서 아이들이 놀고 있는 모습을 조용히 지켜보면 참 재미있다. 이치에 맞지 않게 생떼를 쓰거나 억지를 부리는 철수에게 영희는 이렇게 항의한다.

'그런 법이 어디 있어?'

철수의 반격도 만만치 않다.

'그건 내 맘이지….'

어린아이들이 마음의 이치를, 법의 이치를 알아서일까?

한문사전에서 법(法)이라는 단어를 찾아보면, '가다' '떠나다'라는 일반적인 뜻 외에 '잃어버리다' '배반하다'라는 의미를 포함한다고 나온다.

높은 곳에서 낮은 곳으로 흐르듯 저항하지 않는 것이 물의 본질이지만 도랑을 만들어 물의 흐름과 방향을 바꿔놓을 수도 있고, 둑을 쌓아 호수와 댐을 만들 수도 있다.

"오늘도 법학자들은 법의 개념을 찾아 광야를 헤매고 있다." 라는 말이 있다. 법이라는 것은 정해진 실체가 없는 것이어서 명확하게 정의하기 힘들다. 책장 안에 있는 책을 정면에서 바라

듣기만 해도 가슴 뛰는 말

보면 직사각형으로 보이고 옆에서 보면 긴 막대모양을 하고 있고 비스듬한 위치에서 보면 모서리만 보인다. 그래서 법을 일컬어 '귀에 걸면 귀걸이 코에 걸면 코걸이'라고 하는지도 모른다.

삼라만상의 모든 이치와 진리에 대해 흐르는 물과 같다는 뜻에서 '법'으로 표현하고, 법이 곧 사람의 마음이니 손안에 있는 참새처럼 모든 것은 다 내 마음 안에 존재한다는 선인들의 지혜와 철학적 안목에 저절로 머리가 숙여진다.

☀

어머니의 병을
낫게 한 소년

어느 깊은 산골마을에 홀어머니를 모시고 사는 마음 착한 소년이 있었다. 어머니는 오래전부터 원인 모를 병을 얻어 많은 고생을 하고 있었지만 경제적으로 여유롭지 못해 약을 구할 수도 없었고 일가친척 하나 없었던 소년은 의논할 대상도 없어 그저 안타까운 마음뿐이었다.

그러던 어느 날, 바랑을 메고 탁발 나온 스님이 우연히 소년의 집을 방문하게 되고 소년으로부터 어머니의 병환얘기를 듣게 된다. 소년의 이야기를 들은 스님은 미음이라도 끓여 어머니께 드리라며 메고 있는 바랑에서 약간의 보리쌀을 덜어 소년에게 건네면서 이렇게 말씀하셨다.

"산에 올라가 나뭇잎이든 꽃가지든 상관없으니 같은 종류가 들어가지 않도록 주의하여 100가지의 나물을 뜯어 바람이 잘 통하는 그늘에 말린 후 가마솥에 넣고 푹 달여서 며칠간 어머니께 드리도록 해라."

그동안 약을 구할 수도 없어 발만 동동 구르고 있던 소년에게는 스님의 말씀 한마디가 희망이고 마치 찬란하게 비추는 서광과도 같았다.

소년은 칡넝쿨로 만든 낡은 바구니를 챙겨들고 곧바로 산에 올라가 열심히 산나물을 뜯기 시작했다. 하지만 100가지를 채운다는 게 결코 쉬운 일은 아니었다. 처음 80~90가지의 종류는 어렵지 않게 얻을 수 있었지만 스님께서 일러준 대로 중복되지 않도록 이미 채취한 나물과 서로 비교하면서 이산저산 옮겨 다니느라 목표량을 모두 채우기까지는 여러 날이 걸렸다.

소년은 스님께서 내려준 처방대로 잘 말린 나물을 큰 가마솥에 넣고 정성스럽게 달인 후 누워계신 어머니께 드렸다. 약을 드신 어머니는 조금씩 차도를 보이더니 며칠이 지나자 언제 아팠냐는 듯 자리를 훌훌 털고 일어나셨다.

산과 들에서 자란 대부분의 식물들은 자연이 인간에 내려준 최고의 선물이다. 어느 것 하나 약초 아닌 게 없고 쓸모없는 것이 없다. 소년이 뜯은 나물 중에는 옻나무와 산고사리가 들어있을 수도 있고, 사람이 먹어서는 안 되는 위험한 독초가 들어있을 수도 있고, 백년 된 산삼줄기가 들어있을 수도 있다. 하지만 중요한 것은 약초의 성분이나 종류가 아니라 정성과 신념이다. 만약 소년이 스님의 말을 허투로 듣거나 효험에 의심을 품었다면 효과를 보지 못했을 수도 있다.

어머니의 병환을 낫게 하려는 소년의 간절한 마음과 정성이 하늘을 감동시켰고, 이 약을 먹고 빨리 일어나 아들의 고생을 덜어주어야겠다는 어머니의 희망과 믿음이 있었기 때문에 가능했다고 생각한다.

2016년 리우 올림픽 펜싱경기에서 금메달을 따낸 박상영 선수는 상대선수에게 무려 4점을 뒤지고 있어 이미 패색이 짙었지만 혼잣말로 '나는 할 수 있다.'는 마법 같은 주문을 몇 차례 반복했다고 한다. 그는 마지막 3피리어드에서 내리 5점을 추가하면서 15대 14로 기적 같은 대역전극을 펼쳤다.

프랑스의 대통령이었던 샤를 드골은 "할 수 있다고 믿는 사람은 그렇게 되고, 할 수 없다고 믿는 사람은 그렇게 된다."고 말했다. 사람에게 있어 능력의 차이는 크지 않다. 다만 긍정적이고 낙관적이고 할 수 있다는 자신감에 따라 결과는 다르게 나타난다.

자신감은 어디에서 오는가? '나는 영리하고 지혜롭다. 나는 하고자 하는 의지가 있고 인내력도 강하다. 나는 이미 배운 지식이 있고 그것을 활용할 수 있는 방법도 알고 있다. 나는 나에 대해 너무나 잘 알고 있고 또한 나를 아끼고 사랑한다. 그래서 나는 할 수 있다.'는 굳은 신념과 의지에서 자신감이 생긴다.

어머니의 병을 낫게 한 소년의 경우처럼 설령 값싼 밀가루로 만든 약일지라도 효과가 있을 것으로 믿고 복용하면 효험을 볼 수 있지만, 반대로 아무리 값비싼 재료로 만든 명약이라도 의심을 갖고 먹으면 효과를 기대할 수 없는 것과 같은 이치다.

※

이것도 저것도
팔자소관

'제왕절개'라는 용어는 로마의 황제 율리우스 카이사르가 자연분만이 아닌 수술에 의해 태어난 것에서 유래했다고 한다. 즉 '제왕이 되기 위해서는 때를 잘 타고 태어나야 한다.'는 가설이 성립하게 되는 것이다.

우리나라도 12간지에 따라 그 해의 출생률에 적지 않은 영향을 미치는 게 사실이다. 한 예로 '경오년(庚午年)' 말띠해인 1990년은 팔자가 사나운 백말 띠에 해당한다는 이유로 출생률이 낮았던 반면, 을해년(乙亥年)이었던 1995년은 황금돼지띠에 해당한다는 이유로 출생률이 다른 해에 비해 매우 높다고 한다.

살다 보면 황당한 일을 겪게 되기도 하고 미처 예상치 못한 불행한 일을 당하기도 하는데, 이럴 때 사람들은 무심결에 '아이고! 내 팔자야' 하며 한탄한다.

팔자가 사나워서 못살기도 하고 반대로 어떤 여자는 팔자가 좋아서 능력 있는 남편만나 잘살기도 한다는 등 온통 팔자타령이다.

사주팔자(四柱八字)는 태어난 년·월·일·시 네 가지를 간지로 나타내면 8자가 되는데 이것을 가지고 그 사람의 성격, 건강, 적성과 직업, 과거와 미래 등 운명을 점치는 데 활용한다.

내 주변에는 유명한 정치인과 생년월일이 같은 사람이 있다. 유일하게 내가 알고 있는 사람만 같은 게 아니라 우리 주변에는 사주가 같은 사람은 수를 헤아릴 수 없을 만큼 많다. 만약 사주가 그 사람의 운명을 좌우하고 완벽하게 지배한다면 생년월일이 같은 사람은 모두 비슷하거나 같은 삶을 살아야 맞지만 현실은 그렇지 않다.

인간의 삶과 운명을 결정하는 것은 사주가 아니라 어디서 태어나, 어떤 부모형제를 만나고, 어떤 친구들과 어울리고, 학교에서 어떤 교육을 받느냐에 따라 완전히 달라진다.

1, 2층의 저층에서 사는 학생들이 10층 이상의 고층에 사는 학생들보다 친구가 3배 이상 많다고 한다. 고독한 것, 외로운 것, 친구가 없는 이유는 사주팔자 때문이 아니라 주변 환경과 자신스스로 마음을 굳게 닫고 있기 때문이다.

해마다 연초가 되면 사람들은 철학관이나 점집에 가서 그 해의 운세도 보고 토정비결도 본다. 때론 스님을 찾아가 손금 좀 봐달라고 조르기도 한다.

사주든 손금이든 자신의 운명을 크게 좌우하지 않는다. 내 아내는 나와 손금이 거의 비슷하다. 30년 동안 같은 집에서 살면서 같은 음식을 먹고, 집안의 대소사를 함께 의논하고 결정하는데 손금이 크게 다르다면 오히려 그게 더 이상한 일이다.

재미삼아 자신의 손금을 유심히 관찰해보면 과거와 현재가 사뭇 달라져있음을 발견하게 될 것이다. 환경과 마음가짐에 따라 수시로 변하는 게 사람의 손금이다.

이렇듯 사주팔자에 지나치게 의존할 필요는 없다. 그것이 자신의 운명을 개척하는 데 오히려 걸림돌이 될 수 있고, 괜히 마음고생만 하게 된다.

그렇다고 해서 주역을 완전 부정한다는 뜻에서 하는 말은 아니다. 때론 필요하기도 하고 인생을 살아가는 데 있어 도움이 되기도 한다. 그 이유에 대해서는 뒤에서 살펴보기로 하자.

☀

사람의 능력은
상대적이다

필자가 몸담고 있는 직장의 소속장은 어느 정도 인사권을 행사할 수 있는 재량을 가지고 있다. 소속 간 배치계획에 따라 사원을 받을 때 신입사원이든 경력사원이든 이것저것 묻지도, 따지지도 않고 무조건 동의한다.

나와 함께 근무하는 팀장들은 드러내놓고 불만을 표시하지 않지만 약간은 만족스럽지 못한 눈치다. 직원들을 교육하고 업무를 부여하는 것은 대부분 팀장들의 몫이기 때문에 이왕이면 능력 있고 평판 좋은 직원을 받고 싶은 마음은 누구에게나 있기 마련이다.

필자가 신규사원을 받는 데 욕심을 내지 않는 데는 나름 이유가 있다. 사람의 능력은 절대적인 것이 아니라 상대적이라는 사실을 오랜 경험을 통해 느껴왔기 때문이다.

예를 들어 여기 A와 B라는 사원이 있다고 가정하자. A는 업무 추진능력, 인격, 도덕성, 사회성, 어디 하나 흠잡을 데 없는 완벽한 사원이다. 반대로 다른 소속에서 근무하는 B라는 사원은 소문난 말썽장이다. 술만 마시면 늦게 출근하고 조퇴·결석을 자주하는 문제의 직원이다.

만약 두 사원이 각각 다른 소속 또는 다른 부서로 자리를 옮겼다면 어떤 현상이 나타날까? 전에 근무했던 소속에 있을 때와 마찬가지로 최고의 사원이 될 수도 있고, 반대로 다른 동료직원들로부터 외면당하는 천덕꾸러기 사원으로 변해있을 수도 있다.

도대체 두 사원에게는 그동안 무슨 일이 있었던 것일까? 어떤 변화가 있었기에 촉망받던 A는 천덕꾸러기가 되고, 말썽장이 B는 하루아침에 많은 사람들로부터 칭송받는 '에이스(Ace)'가 되었을까? 결론부터 말하면 아무 일도 없었다.

단지 사람은 어떤 동료직원과 상사를 만나고, 어떤 마인드를 가진 멘토와 소속장을 만나고, 어떤 업무를 맡느냐에 따라 칭송받던 직원이 하루아침에 천덕꾸러기가 될 수도 있고, 반대로 천덕꾸러기였던 직원도 환경과 조직의 분위기에 따라 최고의 사원이 될 수도 있다. 특히 성장기 어린이에게 부모의 역할과 영향이 중요하듯이 신입사원에게는 먼저 입사한 선배와 간부들의 역할이 절대적으로 작용한다.

직원들의 특기와 장단점을 파악하여 그에 맞는 업무를 부여하고 코드가 맞는 사원들끼리 팀을 꾸려주거나 작은 성과에도 크게 칭찬하며 할 수 있다는 자신감을 심어주고 고의가 아닌 작은 실수는 묻어주는 배려가 동반된다면 얼마든지 바뀔 수 있는 것이 사람의 능력이다.

　환경과 조건에 따라 도라지가 산삼이 되고, 이무기가 용이 될 수 있는 것과 같은 맥락이라 할 수 있다.

※

맥(脈) 중에
으뜸은 인맥(人脈)

산에는 산맥이 있고, 물에는 수맥이 있고, 사람 몸에는 혈맥이 있다. 눈에 보이지도 않고 만져볼 수도 없지만 어떤 형식으로든 맥의 세계는 존재한다고 본다.

전문가들은 일반적으로 맥을 크게 천맥(天脈), 지맥(地脈), 인맥(人脈)으로 구분한다.

'천맥'은 하늘이 맺어준 인연이고 인간의 힘이 미치지 못하는 신의 영역이기에 스스로 결정할 수 없는 세계다. 지구상에는 수백 개의 나라가 있지만 대한민국에 태어난 것, 현재의 부모님과 형제자매를 만난 것, 여자 또는 남자의 몸으로 태어난 것은 천맥에 해당한다.

'지맥'은 풍수와 밀접한 관계가 있다. 대한민국의 어느 지방에 정착할 것인지, 주택에 살 것인지 아니면 아파트에 살 것인지,

듣기만 해도 가슴 뛰는 말

또 아파트에 산다면 저층에 살 것인지 고층에 살 것인지, 주택이라면 남향집에 살 것인지, 서향집에 살 것인지는 전적으로 그 사람의 판단과 의지에 달려있다. 그래서 지맥은 어느 정도 용통성과 선택권이 주어진다.

'인맥'은 사람과의 관계맺음을 뜻하는 것으로 태어날 때부터 가지고 태어나는 것도 아니고 누가 만들어 주는 것도 아니다. 인맥은 스스로 만들고 관리해야 한다.

그러나 자신의 이익을 위해 계산된 인연은 절대 오래가지 못한다. 처음 시작은 동반자로 출발했을지라도 세월이 지나고 자신에게 위기가 닥치면 마음이 변하기 마련이다. 최근 일간지와 뉴스의 대부분을 차지하고 있는 권력, 재벌, 인기스타와 관련된 스캔들이 그 대표적인 예이다.

또 그 사람이 잘 나갈 때 옆에 붙어서 '졸졸' 따라다니는 것은 인맥이 아니라 아첨이다. 곤경에 처해있을 때 도와주고 곁에서 용기를 주어야만 받는 사람의 기억에 오래남고 진정성 있는 인맥으로 이어진다.

강태공은 은나라 왕으로부터 버림받은 뒤 오랜 시간 낚시를 하면서 백수로 지내자 경제적 어려움을 겪던 아내가 가출한다. 훗날 태공이 주나라 문왕으로부터 부름 받아 벼슬을 얻게 되자, 이 소식을 들은 아내가 다시 찾아왔지만 강태공은 끝내 아내를 받아들이지 않았다고 한다.

강태공의 이야기를 꺼낸 이유는 조강지처를 외면한 그의 비열함과 옹졸함을 비웃는 것도 아니고, 참을성 없는 아내의 조급함을 탓하려는 것도 아니다. 다만 누구든 힘들고 어려울 때 도와주고 곁에 있을 때 빛이 바래지 않고, 그 은혜를 잊지 않는다는 것을 말하고자 태공의 사례를 들었을 뿐이다.

그럼 좋은 인맥을 만들려면 어떻게 해야 하는가?

▶ **첫째, 가급적 많은 사람을 만나라.**

요즘은 세미나, 컨퍼런스, 연구발표회, 대학입시 설명회 등 각종 행사에 참석할 수 있는 기회가 많은데, 행사에 참석하다 보면 직장동료도 있고 처음 보는 사람도 있을 것이다. 만약 옆자리에 앉은 사람이 처음 보는 사람이라면 그 사람이 먼저 인사할 때까지 기다리지 말고 먼저 명함 들고 다가가 손을 내밀어라.

사람의 앞날은 누구도 예측하지 못한다. 그 사람으로부터 건네받은 명함 한 장이 훗날 내게 도움이 될 수도 있고 반대로 내가 그 사람에게 귀인이 될 수도 있다.

점심 한 끼를 먹더라도 늘 만나는 직장동료와만 할 것이 아니라, 다른 부서나 다른 종류의 직업을 가진 사람들과 함께 하는 것이 좋다. 그들 중에는 금융전문가 있을 수도 있고 부동산 전문가가 있을 수도 있고 내 자녀의 담임 선생님이 있을 수도 있다.

가급적 많은 사람과 인연을 맺고 소통하는 것이 자신의 존재감을 확실하게 하고 긍정적인 인맥을 만드는 데 결정적 역할을 하게 된다.

▶ **둘째, 유쾌하고 친절한 사람을 가까이 하라.**

'웨이터에게 화내는 사람과는 절대 동업하지 말라'는 격언이 있다. 이것을 '웨이터의 법칙'이라고 한다. 식당에서 종업원이 아닌 손님에게 발을 밟히거나 약간의 부딪침이 있었을 경우에는 화내지 않고 사과 한 마디에 그냥 넘어간다. 하지만 종업원이 같은 실수를 하면 필요이상으로 크게 화를 내게 되는데, 그 이유는 종업원이 실수해서 화가 나는 게 아니라, 서비스를 제공해야 할 의무가 있는 위치에 있는 사람이 실수한 것을 용납하지 않으려는 계산된 우월적 심리와 종업원보다 자신이 우위에 있음을 다른 손님들 앞에서 확인받고 싶기 때문이라는 것이 심리학자들의 견해다.

프랜시스 베이컨은 "허물을 용서하는 것이 자기의 영광이다." 라고 했다. 다른 사람의 실수를 너그럽게 용서할 수 있는 위치에 있는 것 자체가 명예이며, 권한과 권리로부터 선택받은 사람이라는 의미에서 한 말일 것이다.

만약 식당에서 음식에 이물질이 들어간 것을 발견했다면 종업원을 불러 큰 소리로 야단치거나 언론에 제보한다는 등 동네방네 떠들며 다니지 말고 사장을 불러 조용히 얘기한 다음 음식을 바꿔달라고 당당하게 요구하면 된다. 괜히 '손님은 왕이다.'는 우쭐한 기분에 필요 이상으로 일을 크게 벌일 필요는 없다.

사람을 만나더라도 늘 불평만 늘어놓거나 불친절하고 욕설과 거친 말을 함부로 하는 사람은 가급적 멀리하는 편이 좋다.

향을 쌌던 종이에서는 향내가 나고 생선을 묶었던 새끼줄에서는 비린내가 나듯이 부정적인 말을 하고 부정적인 생각을 하는 사람을 가까이 두면 부정적인 운명을 만들게 될 가능성이 높아진다.

흰색 물감에 빨간색의 물감을 섞으면 다른 색이 되는 이치와 같이 배우자든 친구든 직장 동료든 좋은 사람을 만나야 운명도 달라진다. 친절하고 예의바르고 항상 웃는 얼굴을 가지고 있는 사람을 만나는 게 좋다.

사람들을 만나다 보면 꼭 이성이 아니더라도 그 사람과 함께 있으면 뭔가 긍정적인 기운과 유쾌한 에너지를 받는 듯 좋은 느낌을 주는 사람이 있다. 쉽지는 않겠지만 가급적 그런 사람을 만나고 또 자신도 다른 사람들에게 감동과 유쾌한 에너지를 주는 사람이 되도록 노력해야 한다.

▶ 셋째, 덕을 베풀어라. 받기만 하면 채무자가 된다.

누군가로부터 도움을 받았다면 절대 잊지 말고 반드시 보답해야 한다. 크든 작든 자기 형편대로 하되 반드시 그 뜻을 전해야 한다. 세상에 공짜는 없다. '콩 심은 데 콩 나고 팥 심은 데 팥 난다'고 했다. 만약 여러 차례에 걸쳐 식사대접을 받았다면 단 한번이라도 갚아라. 차용증 없이 제공받은 음식이라고 해서 갚지 않아도 되는 것은 아니다.

그 사람이 내게 밥을 사고 술을 사는 것은 나와의 인간관계를 더 소중하게 여기기 때문이지 나보다 돈이 더 많아서가 아니다. 경조비도 마찬가지다. 받았으면 받은 만큼 반드시 갚아야 한다. 그렇지 않으면 부채가 되고 그 부채는 당장은 아니더라도 다음 생이든 아니면 먼 훗날 당신의 후손들이 언젠가는 갚아야 할 의무로 남는다.

이웃집이든 친척집이든 다른 사람 집을 방문할 때는 빈손으로 가지 마라. 특히 연세 든 어르신이 있거나 아이들이 있는 경우라면 더욱 그렇다. 꽃이든 사탕이든 롤-케이크든 간단한 선물을 들고 방문하는 것이 예의이며 채권자가 되는 비결이다.

'하늘은 스스로 돕는 자를 돕는다.'고 했다. 진정성을 외면하거나 무시하는 사람에게 하늘은 절대 복을 주지 않는다. 마음의 상처도 마찬가지다. 다른 사람의 가슴에 대못을 박는 심한 악담을 하면 언젠가는 반드시 내게 되돌아온다.

다른 사람의 손해에 대해서는 너그러우나 본인의 이익에 대해서는 지혜로운 게 인간의 본능이다. 지금 당장 눈에 보이는 작은 이익에 욕심내거나 집착하지 마라. 훗날 채무자가 될 것인지 아니면 채권자가 될 것인지 판단하고 결정하는 것은 각자의 선택에 달렸다.

> ▶ **넷째, 자신의 능력과 존재감을 아름답게 포장하라.**

'인사가 만사다.'라는 말이 있다. 직장인들은 정기인사 때가 되면 이번 인사 대상에 내가 포함될지, 어느 부서에 배치 받게 될지 전전긍긍하게 된다.

앞에서 말한바와 같이 인맥은 타고나는 것도 아니고 누구로부터 선물 받는 것도 아니다. 내가 스스로 개척하고 관리해야만 한다.

어느 신입사원은 매일 사장이 출근할 시간이 가까워지면 엘리베이터 앞에서 기다리고 있다가 깍듯이 인사를 했다고 한다. 우연도 아니고 수차례 반복되는 그런 행동을 의아하게 생각하고 있던 사장은 어느 날 "자네 어느 부서에서 근무하는 누군가?" 하고 물었고, 그는 기다렸다는 듯이 "예, 사장님 저는 마케팅 부서에 근무하는 박문수이며, 자전거도 잘 타고 노래도 잘 부릅니다." 하고 웃는 얼굴과 쾌활한 목소리로 자신감 넘치게 자신을 소개했다.

훗날 사장은 그를 팀장으로 승진시키는 파격적인 인사를 단행했다고 하는데, 이런 행위와 결과에 대해 사람들의 반응은 엇갈릴 것이다. 누구는 그를 보고 교활하고 지나친 아부라며 따돌릴 수도 있고, 어떤 사람은 그 사람 용기와 재치가 대단하다고 칭찬하며 부러워할 수도 있다.

위의 방법과 과정이 다른 사원들에게 권장할 만큼의 모범사례이거나 반짝이는 지혜는 아니겠지만, 그 신입사원이 자신만의 용기와 친화력으로 최고의 지위에 있는 사장과 인맥을 만드는 결과를 가져온 것에 대해서는 격려와 박수를 보내주고 싶다.

우리는 흔히 인사를 할 때 대상도 없고 영혼도 없고 주목받지도 못하는 인사를 하는 경우가 많다. 예를 들면 복도에서 본부장을 만났을 때 인사말 없이 머리만 숙이는 사람도 있고, 호칭 없이 "안녕하십니까?" 하고 말로만 하는 사람도 있다. 하지만 그런 식의 인사는 좋은 방법이 아니며 본인의 존재감을 호소하는 데에는 다소 무게가 떨어진다.

본부장이 혼자 있을 때도 그렇고 특히 여러 간부들과 함께 있을 때는 반드시 "본부장님, 안녕하십니까? 마케팅부서에 근무하는 박문수입니다." 하고 본부장이라는 직함을 불러줌과 동시에 자신의 부서와 이름을 정확히 밝혀야 한다.

본부장도 처음에는 인사를 받는 둥 마는 둥 하거나 대수롭지 않게 여기고 그냥 지나칠 것이다. 하지만 만날 때마다 마치 본부장에 대해 잘 알고 있는 것처럼, 언젠가 함께 근무했던 인연이 있는 사원처럼 반가운 얼굴로 가까이 다가와 밝고 명랑한 어조로 또렷하게 자신을 소개한다면 언젠가는 본부장도 이런 생각을 할지도 모른다. "나는 저 친구를 잘 모르는데 저 친구는 나에 대해서 잘 아는 것 같기도 하고, 어디서 나와 함께 근무한 적이 있는 직원인가?" 하며 관심을 갖기 시작할 것이다.

그러던 중 우연히 그 사원을 다시 만났다면 이번에는 본부장이 먼저 다가와 "자네 이름이 뭐라고 했지? 아 그렇군, 열심히 하게나." 하며 어깨를 '톡톡' 두드려줄 가능성이 매우 높다.

거기까지 진행되면 일단 인맥은 만들어진 것이나 다름없다. 그 결과가 훗날 내게 도움이 되고 안 되고는 중요치 않다. 본부장이라는 사람과의 맥을 만들었다는 것, 자신의 존재감을 알렸다는 것만으로도 효과는 충분하다. 그게 인생을 적극적으로 살아가는 과정이며 자신의 운명을 조금씩 바꿔가는 지혜로운 훈련이다.

인사(人事)는 사람에 관한 일을 사람이 평가하는 것이다. 학력, 자격증, 교육, 포상내역 등 그 사람에 대한 모든 것을 객관화·계량화하여 컴퓨터에 저장해 놓은 뒤 컴퓨터가 알아서 최적화한 상태로 지시할 수도 있겠으나, 인사는 컴퓨터가 대신 할 수 있는 것이 아니다.

선출직 정치인을 뽑는 것도 마찬가지다. 후보자에 대한 모든 객관적 자료를 데이터화하여 저장해 놓은 뒤 컴퓨터가 알아서 가장 이상적이고 적합한 사람을 자동적으로 선출할 수 있다면 굳이 많은 경비와 시간을 들이고 사회적 갈등의 깊은 상처를 반복하면서까지 선거를 거듭할 필요가 없다.

천맥도 중요하고 지맥도 중요하다. 하지만 내가 선택할 수 있고, 온전하게 내 통제 안에 있는 것은 오로지 인맥뿐이다.

'지성이면 감천'이라고 했다. 자세를 낮추고 공을 들이면 하늘의 기운도 내 것으로 만들 수 있을진대 하물며 진정성 있고 겸손한 자세로 관계를 이어간다면 사람의 마음인들 얻지 못할 이유가 없지 않겠는가?

▶ 다섯째, 한번 잡은 인연은 절대 놓치지 마라.

오래전, 10년 동안 자동차 판매 전국1위를 달성한 영업사원의 노하우를 소개한 글을 읽은 적이 있는데, 그 사원의 성공비결은 이렇다.

그는 자동차를 판매하는 과정에서 얻은 고객의 결혼기념일과 생일을 메모해 두었다가 특별한 날 고객에게 축하케이크나 꽃바구니를 보내준다고 한다. 또 가끔 고객에게 직접 전화하여 구입한 자동차의 문제점은 없는지 물어보고 기능적 조작에 익숙하지 않아 생긴 작은 문제는 즉시 조치 요령을 알려주기도 하고 소모품의 적당한 교환 시기를 알려주며 안전운행을 당부하는 등 기분 좋은 해피콜을 수시로 실천했다고 한다.

보통 우리나라 사람들은 짧게는 3년 길면 10년마다 차를 바꾸는데, 맨 처음 차를 구입했던 영업사원의 그런 친절과 관심이

고객이 다시 차를 교체할 때 재구매로 이어어지는 결정적인 계기가 되고, 심지어 친척이나 이웃집 사람들이 자동차를 구입할 때 소개시켜 주는 시너지효과까지 얻을 수 있었다고 한다.

웬만한 사람들은 한번 차를 팔면 그것으로 끝이라 생각해 더 이상의 관심도 없고 피드백도 없다. 그러나 그 영업사원은 한번 맺은 고객을 영원한 고객으로 여기고 가족처럼 끝까지 책임지겠다는 신념과 프로정신이 있었기에 오랜 기간 동안 판매왕의 영예를 얻을 수 있었던 것이다.

인연을 만들기도 어렵지만 맺었던 인연도 세월이 지나고 여건이 달라지면 옅어지기 마련이다. 그러나 한번 맺은 귀한 인연은 절대 놓치지 마라. 작년 봄에 피었던 뒤뜰의 천리향 꽃이 올봄에 다시 피듯이 인연은 돌고 돌아 다시 내게로 돌아온다.

6장

관대했기에
가능했던
일

☀

듣기만 해도
가슴 뛰는 말

프랜시스 베이컨은 "칭찬하는 자가 최대의 적이다."라고 했고, 장자는 "나를 착하다 말해주는 사람은 곧 내 적이요, 나를 악하다 말해주는 사람은 곧 나의 스승이다."라고 했다. 또 명심보감에는 '좋은 약은 입에 쓰나 병에는 이롭고, 충언은 귀에 거슬리지만 행동에는 이롭다.'라고 적혀 있다.

그러나 이와 같은 명언은 칭찬이 나쁘거나 인간에게 오히려 독이 된다는 뜻이 아니라, 즐거운 것만 탐하고 듣기 좋은 말만 귀담아 듣는 인간의 이기심을 경계하라는 뜻에서 한 말이다.

세상을 살다 보면 칭찬도 필요하고 때론 충고와 채찍도 필요하다. 그러나 사람들의 생각을 긍정적으로 바꾸게 하고 나쁜 습관을 고치도록 하는 데 있어서는 충고나 물리적인 힘보다 격려와 칭찬이 중요하고, 채찍보다 당근이 더 효과적이라는 사실에 대해서는 동서고금을 통해 널리 알려지고 많은 연구를 통해서 입증되었다.

이 시대 인간관계 개선 및 처세술의 바이블이라고 할 수 있는 '데일 카네기'의 저서에는 사람을 설득하는 방법, 인기를 얻는 방법, 위기로부터 벗어나는 방법, 협상을 유리하게 이끄는 방법, 사람을 교정하는 방법, 가정을 행복하게 하는 방법 등 처세와 자기관리에 관련된 내용들로 빼곡히 채워져 있는데, 그 많은 글 속에 공통적으로 들어가 있는 절대불변의 메시지는 바로 '칭찬'이다.

카네기는 칭찬이야말로 "인생을 가장 긍정적이게 하고, 삶을 힘차게 하는 최고의 에너지"라고 입이 닳도록 주장했다.

☀

나폴레옹을
황제로 만든
칭찬과 격려

예전에 나폴레옹과 관련된 만화영화를 본 적이 있는데 그때 너무 감동을 받아서 이 지면에 잠시 옮겨보고자 한다.

나폴레옹은 체격이 왜소하고 가난해서 청소년시절 사관학교 다닐 때 다른 친구들로부터 따돌림을 당했다. 휴식시간이면 다른 생도들은 학교 앞 가게에서 이것저것 군것질을 했지만 나폴레옹은 가게 문 앞에 우두커니 서서 친구들이 먹는 것만 구경하는 날이 많았다.

이런 나폴레옹의 모습을 가엽게 바라보고 있던 가게 주인 할머니께서 "애야, 배고프지? 이거 먹고 힘내거라. 넌 이다음에 커서 틀림없이 아주 훌륭한 장군이 되겠구나." 하시면서 나폴레옹에게 늘 사과 한 개를 손에 쥐어주곤 하셨다.

오랜 세월이 흘러 프랑스 황제가 된 나폴레옹은 할머니를 찾아가 30여 년 전 사과를 얻어먹었던 그 때 그 소년이 지금의 황제임을 간접적으로 밝히는 장면이 그려지는데, 두 사람의 대화 한마디 한마디가 매우 인상적이고 감동적이다.

가난과 작은 키 때문에 늘 콤플렉스에서 갈등하던 어린 나폴레옹에게 사과 한 개를 손에 건네며 하신 할머니의 칭찬과 격려가 오늘날의 나폴레옹을 만든 동기가 되었을지도 모른다는 생각에 많은 세월이 지난 지금까지도 머리에서 지워지지 않는다.

남아프리카의 바벰바 부족은 죄지은 사람을 벌할 때 마을사람들이 모두 모인 자리에 죄인을 세워놓고 그 사람에 대한 선행사례와 장점만을 이야기한다고 한다. 아주 특별한 재판인데 이 재판에 참여한 사람들은 장난삼아 덕담이나 농담을 해서는 안 되고 죄인은 마을사람들의 칭찬에 이유를 달거나 반박해서도 안 된다고 한다.

아무리 큰 죄를 지은 사람이라 하더라도 살아가면서 단 한 번도 착한 일을 하지 않은 사람은 없을 것이다. 바람에 날아간 이웃집 지붕을 고쳐주기도 하고, 가축에게 먹이를 주기도 하고, 비 때문에 생긴 물웅덩이에 흙을 메우기도 하고, 아내의 집안일을 돕기도 하고, 부족사람 중 상을 당했을 때 장례를 돕기도 하는 등 좋은 일도 많이 했을 것이다.

바벰바 부족 사람들은 죄인에게 형벌을 내리는 대신 부족사람들의 목소리를 통해 죄인이 자신의 선행을 떠올리게 함으로써 죄를 뉘우치게 하고 더 나아가 재판에 참석한 부족사람들에게도 간접적인 영향을 주게 됨으로써 바벰바 마을을 전 세계에서 범죄율이 가장 낮은 마을로 만들 수 있었다고 전해진다.

※

신하의
마음을 얻은
장왕

춘추전국시대 초나라 장왕은 어느 날 신하들을 궁으로 불러들여 연회를 베푸는데, 마침 바람이 불어 등불이 꺼지자 어두운 틈을 타서 신하가 장왕으로부터 총애를 받고 있던 애첩의 몸을 희롱하는 사태가 벌어졌다. 화가 난 애첩은 장왕에게 고하기를 "폐하 누군가 저를 희롱했습니다. 제가 그 자의 갓끈을 가지고 있으니 불을 켜서 확인해보면 갓 끈이 떨어진 자가 범인임을 알 수 있습니다. 어서 불을 켜라고 명하십시오."

이 말을 들은 장왕은 불을 켜기에 앞서 좌중을 향해 이렇게 말한다. "거참 재미있는 놀이로구나. 신하들은 어서 자기가 쓰고 있는 갓끈을 모두 떼어내도록 하시오." 했다.

잠시 후 불이 켜졌지만 이미 모든 신하들의 갓끈이 끊어진 상태였기 때문에 희롱당한 애첩은 범인을 찾아낼 수 없게 되고 말았다.

그 일이 있은 후 머지않아 초나라는 진나라와 큰 전쟁을 하게 되고, 전쟁에서 큰 전공을 세운 장수가 있었는데 바로 그 연회장에서 애첩을 희롱했던 신하였다. 왕의 애첩을 희롱한 신하는 죽음을 면치 못할 불경죄를 저질렀지만 장왕의 재치와 관대함 덕분에 자신의 목숨을 구할 수 있었고, 그런 장왕의 은혜에 보답하고자 전쟁터에 나가 목숨을 아끼지 않고 싸움으로써 위기로부터 나라를 구했던 것이다.

듣기만 해도 가슴 뛰는 말

☀

목숨과 바꾼
자비와 용서

누적관객 1,200만 명을 넘어 섰던 우리나라 영화 '광해, 왕이 된 남자'의 줄거리는 다음과 같다.

권력 다툼이 극심했던 당시 광해군은 병을 얻어 민가에 숨어 치료를 받게 되고, 한낱 광대에 불과했던 하선(이병헌 분)은 광해군과 외모, 목소리, 걸음걸이까지 똑같다는 이유로 궁궐로 납치되어 치료 중인 왕의 역할을 대신하게 된다.

평소와 달리 소박하면서도 거침없는 행동을 보이는 왕을 수상하게 여기고 있던 호위무사는 어느 날 왕에게 칼을 겨누며 "도대체 네놈의 정체가 무엇이냐? 어서 정체를 밝혀라."고 추궁하지만 마침 이 광경을 목격한 중전 덕분에 가짜 왕은 신분이 탄로날 위기로부터 벗어나게 된다.

자신의 판단과 실수를 인정한 호위무사는 이 자리에서 목숨을 끊어 불경죄를 씻겠다며 자결하려고 자신의 목에 칼을 들이대는데, 왕은 호위무사의 칼을 재빨리 빼앗은 뒤 이렇게 말한다.

"이 칼은 너의 목숨을 끊으라고 준 것이 아니다. 이 칼은 오직 나를 위해서만 사용하도록 하라."며 호위무사를 용서하고 칼을 되돌려 준다.

광해군의 관대함과 너그러움에 감동받은 호위무사는 콧물과 눈물을 동시에 흘리며 마음속으로 충성을 맹세한다. 그리고 영화의 마지막 부분에서 왕의 대역을 모두 마치고 멀리 달아나는 가짜 왕을 지키기 위해 관군의 추격대에 맞서 싸우다 장렬하게 죽음을 맞는다.

반전에 반전을 거듭하는 이 영화가 너무 재미있어서 나는 두 번을 보았다. 그러면서 생각했다. 훗날 내가 누군가에게 이 영화에 대해 얘기할 수 있는 기회가 주어진다면 단순히 흥행에 성공한 재밌는 영화가 아닌, '노블레스 오블리주(Noblesse Oblige)'와 접목해서 하나의 스토리를 만들어 보겠노라고.

☀

하극상을
에너지로 바꾼
중대장

군복무시절 근무하던 포병부대에서 사병이 부사관(하사)을 폭행하는 하극상이 있었다. 사태의 심각성을 보고받은 중대장은 선임하사를 시켜 전 중대원은 열외 1명 없이 모두 팬티바람으로 대대연병장에 집합시키고, 막사와 창고를 샅샅이 뒤져 곡괭이와 삽자루 등 몽둥이가 될 만한 것은 모두 가져다 놓으라는 불호령이 떨어졌다.

명령대로 중대원들 모두 연병장 사열대 앞에 팬티만 입고 집합했고 중대장 옆에는 삽자루와 봉걸레자루가 산더미처럼 쌓여있었다.

선임하사로부터 인원보고를 받은 중대장은 굳은 표정으로 하극상을 꾸짖는 훈시를 시작했고 산더미처럼 쌓여있는 몽둥이를 보고 있던 사병들은 '나는 이제 죽었구나.' 하는 생각에 숨소리조차 크게 낼 수 없었다.

훈시가 끝날 무렵 잠시 침묵을 지키던 중대장은 단호한 어조로 한 말씀 더하셨다. "그러나 나는 너희들을 믿는다. 그리고 오늘 훈련은 없다. 대신 지는 놈들은 각오하라!" 하면서 중대장은 사병들을 향해 축구공 두 개를 날렸다.

이미 맞아죽을 각오를 하고 있던 사병들은 어찌된 영문인지 몰라 잠시 머뭇거렸지만 그 망설임은 오래가지 않았다. 누가 먼저라고 할 것 없이 일제히 "와~!" 하고 함성을 지르며 팀을 꾸리지도 않고 너나 할 것 없이 모두 공을 향해 돌진했다. 아주 짧은 시간에 지옥과 천당을 동시에 경험하는 순간이었다.

'펜은 칼보다 낫다'고 했던가? 그런 사건이 있은 후부터는 그 어떤 하극상도 재발하지 않았을 뿐만 아니라, 사기충천한 우리 중대는 대대에서 주관하는 체육대회와 연대에서 주관하는 각종 포술대회에서 항상 우승을 차지했다. 만약 매로 군율을 다스렸다면 눈에 보이는 하극상은 바로잡을 수 있었겠지만 중대의 전체 분위기는 더 험악해졌을지도 모른다.

아브라함 링컨은 "한 갤런의 쓴 물보다 한 방울의 꿀이 더 많은 파리를 잡는다."고 했다. 훌륭한 지도자는 때로는 부하의 허물이나 실수를 덮어줄 수 있는 아량과 관용이 필요하고, 상대방의 마음을 얻는 데는 원칙과 질책보다 배려와 격려가 더 좋은 결과를 가져올 수도 있음을 염두에 두고 한 말인가 보다.

☀ 칭찬은 이렇게

칭찬과 관련한 책을 읽다 보면 한결같이 '칭찬은 구체적이고 즉시성 있게 하라.'고 주문한다. 많은 시간이 경과한 뒤 칭찬하게 되면 칭찬받기를 기대했던 사람은 이미 실망해있거나 그 의미가 퇴색되어 효과가 반감된다고 한다. 그러므로 칭찬을 하되 직접 만나서 하고 직접 칭찬할 조건이 안 될 때에는 전화 또는 문자메시지를 통해서라도 고마움의 뜻을 먼저 전달하는 것이 좋다.

또 단점보다 장점을 먼저 얘기하고, 칭찬과 충고를 병행할 때에는 먼저 칭찬부터 하고 충고는 뒤에 하는 것이 효과적이라고 한다. 잔뜩 야단치고 난 뒤 칭찬해봤자 병 주고 약 주는 꼴이 되어 듣는 사람으로 하여금 거부감과 서운한 마음을 갖게 한다는 이유에서다.

칭찬하되 즉시성 있게 하고 충고보다 칭찬을 먼저 하는 것은 그리 어렵지 않지만, 칭찬을 '어떻게 하는 것이 구체적인가?'에 대해서는 고민해봐야 한다.

예를 들어 '예쁘네.' '멋있네.' '좋아 보이네.' '잘 어울리네.' '똑 똑하네.' 등의 막연한 칭찬은 하나마나다. 이런 표현을 요즘 젊은 사람들은 영혼이 없다고 말한다.

가령 '옷 색깔이 좋네.' 하는 것은 그 사람에 대한 칭찬이 아니라 옷에 대한 칭찬이다. 다시 말해 칭찬받는 주체가 사람이 아닌 옷이 주체가 된다. '잘 어울리네.'라는 표현도 그렇다. 아무리 좋게 받아들이려 해도 영혼이 없기는 마찬가지다.

이왕 새 옷에 대한 칭찬을 하고 싶다면, 이렇게 바꿔보자. "와! 정말 잘 어울린다. 마치 유명디자이너가 오직 너만을 위해 디자인한 것 같다. 이 옷 어디서 샀어?"

또 명문대학에 입학하거나 좋은 직장에 입사한 친구를 칭찬할 때는 '축하한다. 부럽다.'는 식의 칭찬보다는 "그래 넌 어릴 때부터 총명했기 때문에 난 네가 반드시 해낼 줄 알았어. 그리고 앞으로도 너는 크게 성공할 거야. 왜냐면 넌 용기도 있고 지혜롭기 때문이지." 이렇게 말해주는 것이 훨씬 가슴에 와닿는다.

만약 중학교 다닐 때 짝꿍이었던 친구가 어느 날 갑자기 연락도 없이 사무실로 찾아왔다면 "반갑다. 오랜만이다. 잘 지내고 있었지?" 이런 짧은 인사말보다는 "어젯밤 좋은 꿈을 꾸었기에

듣기만 해도 가슴 뛰는 말

오늘 무슨 좋은 일이 있을 것 같은 느낌이 들어 기대하고 있었는데 마침 자네를 만나려고 그랬나 보네," 이렇게 말한다면 설령 그 친구가 무리한 부탁을 하려고 찾아왔다가도 차마 얘기를 꺼내지 못하고 그냥 차만 마시고 돌아갈지도 모른다.

학창시절에 많이 읽었던 세계단편소설 중 남녀의 아름다운 사랑이야기의 여운이 밤새도록 가슴을 울렸던 오 헨리의 '크리스마스 선물'을 추억삼아 다시 읽어보자. 거기에는 여주인공 '델러'의 아름다운 머리카락에 대해 이렇게 표현하고 있다.

'만약 시바의 여왕이 골목길 저쪽 아파트에서 살고 있다가 어느 날 델러가 머리카락을 말리기 위해 창밖으로 늘어뜨린 것을 보았다면, 아마 여왕이 가지고 있는 보석의 가치는 단숨에 떨어지고 말 것이다.'

얼마나 멋지고 적절한 비유인가? 델러의 치명적일 만큼 아름다운 머리카락에 대한 오헨리의 찬사는 아직까지도 독자들의 머릿속에서 영원히 지워지지 않는 한편의 드라마이며 그 누구도 모방할 수 없는 절대지존의 그림으로 자리하고 있다.

칭찬은 그렇게 하는 것이다. 하지만 이런 구체적인 표현은 교과서에도 없고 선생님이 가르쳐주지도 않는다. 자신이 직접 고민하고 만들어야 한다. 그렇다고 많은 시간이 필요한 것도 아니다. 정류장에서 버스를 기다리거나 지하철을 타고 출퇴근하는 짧은 시간이면 충분하다. 또 그것을 익히고 배우기 위해 일부러

학원에 다닐 필요도 없다. 늘 책을 가까이하다 보면 저절로 터득하게 된다.

우리나라 사람들은 칭찬과 표현에 매우 소극적이고 인색한 편이다. 침묵이 미덕이라는 유교의 영향을 받은 때문일까? 겉치레보다 내면의 아름다움을 중시하는 소박한 문화의 교훈 때문일까? 어릴 때부터 부모님들은 밥상 앞에서 말을 많이 하면 복이 달아난다며 가족과의 간단한 대화조차도 금기시하였다.

'사랑한다.'는 말은 부부 또는 연인끼리 침대 위에서만 사용가능한 단어처럼 생각하고 말보다는 하트 모양의 '이모티콘'을 사용하는 것에 더 익숙하고 훨씬 자연스럽다.

하지만 서양 사람들은 지나치게 보일 만큼 자신의 감정을 적절하게 잘 표현한다. 영화에서도 사랑한다는 대사가 가장 많이 등장하고 공감하는 연설과 강의를 들을 때나, 수준 높은 연주회와 공연을 보는 자리에서는 환호와 박수소리가 끊이지 않는다. 마지막에는 예외 없는 기립박수로 화답하며 대미를 장식한다. 그것을 '가진 자의 여유, 상류층의 차별화된 자존심'이라고 폄하할 수도 있겠지만, 그런 매너에 익숙한 표현의 문화가 때론 부러울 때가 있다.

그러나 언어를 통한 칭찬과 물질적인 격려만이 상대방을 기쁘게 하고 용기와 희망을 주는 것은 아니다. 얼굴이 반쯤 잘려나간 경주 수막새 기왓장의 미소처럼, 낙산사에 있는 해수관음보

살처럼 그저 말없이 바라보는 잔잔한 웃음만으로도 위로가 되고
용기가 되기도 한다.

성 안 내는 그 얼굴이 참다운 공양구요
부드러운 말 한마디 미묘한 향이로다.
깨끗해 티가 없는 진실한 그 마음이
언제나 변함없는 부처님 마음일세.

– 문수보살 계송

7장

노트에
담아둔
생각

☀

즐겁게 해야
강해진다

'천재는 노력하는 자를 이길 수 없고, 노력하는 자는 즐기는 자를 이길 수 없다.'는 말이 있다.

2002년 대한민국을 뜨겁게 달궜던 한·일 월드컵에서 우리나라는 역사상 처음으로 4강까지 오르는 쾌거를 이루었다. 우리나라 국민들뿐만 아니라 세계 축구팬들은 그것을 기적이라고 표현했다. 4강까지는 아니더라도 최소한 16강을 넘어 8강까지는 가능성을 기대할 수 있는 좋은 기회였기에 붉은 악마는 관중석에서, 국민들은 거리, 식당, 학교운동장에서 대형태극기를 흔들며 목이 터져라 선수들을 응원했다.

이 같은 4강 신화를 만드는 데 결정적 역할을 한 사람이 명장 히딩크 감독이라는 사실에 대해서는 누구도 의심하지 않는다. 월드컵 경기가 끝난 뒤 대한민국은 온통 히딩크 감독의 탁월한 리더십에 열광했고, 스포츠뿐만 아니라 교육, 경영 등 모든 분야에서 히딩크 감독의 리더십을 롤-모델로 삼아야 한다고 한결같이 입을 모았었는데, 히딩크 감독의 리더십과 관련하여 아주 흥미 있는 뒷이야기가 전해진다.

월드컵 본선경기를 앞두고 프랑스와의 평가전에서 5대 0으로 패한 뒤 대표선수 중 누군가가 사람이 잘 보이지 않는 창고 뒤에 선수들을 세워놓고 "야 ××야, 그럴 때는 내게 패스를 해야지 네가 슛하면 어떡해?" 하며 몽둥이로 선수들의 엉덩이를 때리는 모습을 마침 선수들을 찾아 나섰던 히딩크 감독이 목격하게 되었다.

이런 광경에 충격을 받은 히딩크 감독은 선수들을 한 명씩 불러 개별면담을 실시한다. 그는 이 과정에서 한국은 학교 선후배, 선임후임, 나이의 적고 많음에 따라 묵시적 서열이 정해지고 위계질서가 분명하여 설령 나이 적은 선수에게 결정적인 기회가 와도 본인이 슛을 하지 않고 선배선수에게 양보하는 것이 관행처럼 이어져왔다는 사실을 알게 되었다.

그 후부터 히딩크 감독은 벽 허물기 작업에 돌입하는데, 우선 선수 상호간 형님, 동생 하던 호칭부터 없애고 모두 평등하게 상대의 이름을 부르도록 했다. 하지만 한국의 관행상 존칭 없이 그냥 이름을 부른다는 것이 그리 쉬운 일인가? 형, 동생 부르면서 서로 의지하고 감싸주는 것이 미덕이며 조직을 더욱 탄탄하게 하는 모멘트(Moment)로 굳게 믿고 있던 선수들은 새로운 호칭에 적응하지 못하고 훈련을 할 때도 밥을 먹을 때도 모두 입을 다문 채 서로 눈치만 보며 며칠을 보냈다.

그렇게 불편한 관계가 이어지던 어느 날 막내선수 중 누군가가 벌떡 일어나더니 자기보다 무려 열 살 더 많은 홍명보 선수를 향해 이렇게 소리쳤다. "명보야, 밥 먹으러 가자." 수십 년 동안 이어져 내려왔던 관행이 순식간에 허물어지는 역사적인 순간이었다.

그 후부터 선수들은 여타의 존칭 없이 서로 친구처럼 이름을 부르기 시작했고, 이에 만족한 히딩크 감독은 2단계 훈련에 돌입하게 되는데, 그것이 바로 경기의 승패를 떠나서 오로지 '즐겁게 하자'는 분위기의 대전환이었다. 골을 넣는 데 실패했어도 '잘했다' 골을 성공시키면 '네가 대단한 일을 했구나.' 서로 격려하고 칭찬하면서 승부보다는 경기를 즐겁게 하는 방향으로 분위기를 바꾸어가도록 요구했다. 승패에 집착하여 경기에 이끌려 가는 것이 아니라 승부에 대한 집착과 욕심을 버리고 '그래, 오늘 하루 한바탕 신나게 놀아보자'는 마음으로 경기에 임하자는 것이다.

이와 같은 히딩크 감독의 리더십은 선수들에게 먹히기 시작했고 그 결과가 4강에 오르는 기념비적 사건을 만드는 데 결정적 요인이 되었다고 전해진다.

듣기만 해도 가슴 뛰는 말

2018년에 개최되었던 평창 동계올림픽에서 국민들의 눈과 귀를 즐겁게 하고 올림픽 경기가 끝난 후에도 오랜 기간 동안 행복을 듬뿍 안겨주었던 여자 컬링선수들에 대한 일화도 매우 흥미롭다.

우선 선수선발 과정을 들여다보자. 은메달을 차지한 '팀킴(Team Kim)'은 올림픽을 위해 특별히 기량이 뛰어난 선수를 골라 선발한 팀도 아니고, 어릴 때부터 외국에 나가 맞춤형 훈련을 받은 선수도 없다. 그저 시골 작은 마을에서 함께 뛰어놀던 한두 살 더 많은 언니이며 동갑내기 친구들로 구성되어 있다.

처음에는 팀의 이름도 없었다. '팀킴'이라는 이름도 평창올림픽이 끝난 뒤 국민들을 대상으로 공모를 통해서 얻은 이름이다. 선수들의 성도 모두 똑같고 이름도 모두 비슷하여 일일이 이름을 거론하면 헷갈린다.

컬링을 시작하게 된 동기도 어떤 선수는 '뭔가 재밌는 놀이가 없을까?' 하고 찾다가 시작하게 되었고, '친구 따라 강남 간다.'는 속담대로 친구의 자연스런 권유로 시작한 선수도 있다. 그런가 하면 언니 심부름 갔다가 우연히 시작하기도 했고, 교실 칠판에 '컬링 할 사람 모집'이라는 문구를 보고 뒤늦게 합류한 선수도 있다.

그렇게 시작한 선수들이 세계 강자를 차례로 물리치고 당당하게 은메달을 차지하는 모습을 본 외신기자들은 놀라움을 금치 못했다고 한다.

기대이상으로 훌륭한 경기를 보여주고 국민에게 은메달이라는 값진 선물을 안겨주었던 원동력은 무엇일까? 답은 이미 정해져 있다. 바로 즐겁게 시작하여, 유쾌하게 진행하고, 아름답게 마무리하는 것이다.

필자는 오래전부터 하루 1시간 이상 꾸준히 운동을 하고 있다. 저녁식사 후 학교운동장에서 걷기도 하고 집에서 운동기구를 이용해 근육운동을 한다.

하지만 그만두고 싶은 충동을 느낄 때가 한 두 번이 아니다. 비가 오는 날은 '어이쿠 비님이 잘도 오시는 구나. 오늘은 운동을 하지 않아도 되겠다.' 하며 혼자서 쾌재를 부른다. 술을 마시고 늦게 귀가하는 날은 '술 마시고 운동하면 오히려 역효과가 난다 했어.' 하며 운동을 하지 않아도 되는 과학적 명분이 그저 고맙기만 하다. 주말에는 '일주일 동안 열심히 근무했으니 공휴일에는 좀 쉬는 게 정상 아닌가?' 하며 적절한 핑계거리와 명분을 찾다가 결국은 운동 대신 텔레비전 시청을 택하게 된다.

운동은 자신과의 싸움이며 고독한 자기경영이다. 운동을 운동이라고 생각하거나 의무적으로 해야 하는 노동이라고 생각하면 힘들고 귀찮아진다. 특히 혼자서 하는 유산소운동이나 웨이트 트레이닝은 더욱 그러하다. 온갖 명분과 구실을 앞세워 자신을 스스로 무너뜨리며 3개월 이상 지속하기가 어렵다.

동물들에게는 따로 운동이라는 것이 없다. 그저 생존을 위한 먹이활동만 있을 뿐이다. 그런 면에서 볼 때 운동은 인간에게 신이 내려준 즐거운 놀이이며 고귀한 선물이다. 산책을 하거나 유산소 운동을 할 때 단순히 숨을 쉰다고 생각하지 말고 하늘의 신성한 기운을 들이마시고, 우주의 에너지를 몸에 꼬박꼬박 저장해 놓는 것이라고 생각하면 훨씬 행복하고 효과도 좋아진다.

즐겁게 하자. 그러면 강해진다.

☀

적당히
타협할 줄
아는 사람

농촌에서 자란 나는 중학교 다닐 때까지도 부모님과 동생과 작은 방 하나를 함께 사용했다. 부모님은 부엌 쪽 아랫목에서, 동생과 나는 온기가 제일 먼저 식어가는 위쪽에서 한 이불을 덮고 같이 잤다.

그러다 보니 추운 겨울이면 동생과 나는 서로 이불을 더 많이 차지하려고 내 쪽으로 끌어당겨 똘똘 말기도 하고 때론 동생에게 빼앗기기도 했다. 하지만 그런 일로 동생과 다툰 적은 없다.

아주 가끔씩 친척 어른들이 방문하면서 사준 장난감을 나 혼자 독차지하는 경우는 극히 드물었다. 학교에서 내가 먼저 들어오면 내가 가지고 놀고 동생이 먼저 오면 동생이 가지고 놀았다.

소풍 가는 날은 어머니한테 받은 적은 용돈이지만 아이스크림

한 개 덜 사먹고 아꼈다가 동생에게 줄 장난감 한 개라도 사 가지고 집에 돌아오곤 했다.

얼마 전 모 스님께서 한 언론에 출연하여 강의를 하는 도중 과거의 발언에 대해 사과하였다고 한다. 그 스님께서는 과거 자신의 트위터에 '삶의 내용이 풍요롭지 않으면 정치 이야기나 연예인 이야기밖에 할 말이 없게 된다. 쉬는 날 집에서 텔레비전만 보지 마시고 서점에 들러서 평소 관심 있던 책을 한 권 사서 읽어보기를 권한다.'는 취지의 글을 올린 적이 있는데, 아마 그 부분에 대해 오해가 있었던 모양이다. 상처받은 사람들의 마음을 치유하는 스님으로서, 좀 더 풍요로운 삶을 살아가도록 조언하는 성직자의 입장에서 얼마든지 쓸 수 있는 내용의 글이라고 생각되지만, 그렇게 생각하지 않은 사람도 여럿 있었나 보다.

사회관계망 서비스가 보편화되면서 무기명이라는 명분하에 자신의 생각을 여과 없이 표현하는 글들이 하루에도 수백 건씩 올라온다. 공감의 표시도 하고 때론 마치 마녀사냥 하듯 여론을 나쁜 쪽으로 몰아가는 경우도 있다. 그러나 그것 또한 개인의 자유의사표시며 성향이니 그것을 탓할 수는 없다.

SNS뿐만 아니라 우리 주변에는 진정성과 현실을 왜곡하기도 하고 다양성을 부정하며 모든 것을 자기중심적으로 판단하는 경우가 적지 않음을 종종 목격하게 된다. "공부를 잘해야 좋은 사람 만나서 결혼도 하고 잘살 수 있다."고 말하면 1분도 채 안 돼서 이런 반응이 들어온다. "그럼 공부 못하면 나쁜 사람 만나고 시집도 못 간다는 말인가요?" 또 "형제자매들이 많은 가정에서 자란 아이들이 양보할 줄도 알고 타협하는 방법에 대해서도 익숙한 경향을 보인다." 이렇게 말하면, "그럼 외아들은 타협할 줄도 모르고 양보할 줄도 모른다는 말입니까?" 하고 되받아친다.

그런 의미가 아니고, 그런 뜻으로 말한 게 아니다. 다만 공부를 열심히 해야 성공할 가능성도 높아지고, 가족이 많은 환경에서 자란 아이들이 보편적으로 사회성이 높다는 뜻으로 한 말인데 너무 극단적으로 받아들이며 불쾌한 감정을 그대로 표하는 것이 오늘의 현실이다.

필자는 책을 구입할 때 새 책보다는 중고책을, 신간보다는 고전을 사서 읽는 경우가 더 많다. 나보다 먼저 읽어본 독자가 볼펜으로 밑줄을 그어놓거나 자신의 생각을 간략하게 메모해 놓은 흔적이 있으면 그것을 참고하고 그 글의 의미를 되새겨보고자하는 이유에서다. 책을 읽다 보면 집중력이 떨어져 미처 의미부여를 못한 부분도 있고, 공감하는 내용이 아니기에 그냥 지나치는 경우도 많다. 하지만 내가 간과하거나 놓친 부분이 다른 사람에겐 깊은 감동이 되기도 하고, 때론 그 책이 전하는 핵심이 될 수도 있다.

사람마다 생각과 접근방식이 다르고 추구하는 목적이 다른데
도 그 다양성이 침해받고 그로 인해 마음에 상처받는 현실이 아
쉬움으로 남는다.

☀

한국은 부채춤
미국은 브레이크 댄스

역학적 견지에서 볼 때 동양은 양(陽), 서양은 음(陰)에 해당한다고 한다. 신체적 조건을 분석해보면 동양 사람들은 보편적으로 상체가 발달하고 서양 사람들은 하체가 발달해 있다. 서양 사람들에 비해 동양 사람들은 얼굴과 머리가 큰 반면 다리의 길이와 신장은 평균적으로 작은 편이다.

영국의 일간지 '더 타임스' 발표 자료에 따르면 세계에서 가장 지능지수가 높은 나라는 홍콩, 한국, 일본, 대만, 싱가포르 순으로 평균 105이며, 미국을 비롯한 유럽국가의 평균 지능지수는 100이었다고 한다.

음악도 차이를 보인다. 한국의 전통음악을 들으면 어깨춤이 저절로 나오고 서양음악을 들으면 다리가 먼저 움직이게 된다. 굿거리장단에 맞춰 브레이크 댄스를 할 수 없고, 로큰롤장단에

듣기만 해도 가슴 뛰는 말

맞춰 부채춤을 출 수 없다. 오래전 서양에서 유행했던 탭댄스, 캉캉, 마이클 잭슨의 브레이크 댄스는 모두 하체를 이용한 춤사위다. 반면 살풀이춤, 탈춤, 부채춤은 온전히 상체를 이용한 춤사위로 아리랑 곡에 맞춰 추어도 잘 어울린다.

스포츠와 관련하여 좀 더 구체적인 사례를 들어보자면, 올림픽 역사상 우리나라가 최초로 금메달을 획득한 종목은 레슬링의 '그레코로만형'이다. 이 그레코로만형은 오직 상체만 이용하는 경기방식으로 우리나라 양정모 선수가 1976년 몬트리올 올림픽 대회에 출전하여 대한민국에 값진 금메달을 안겨주었다.

반세기 가까운 세월이 지난 지금도 마찬가지다. 우리나라는 하체를 이용한 경기보다 집중력과 상체를 이용한 경기에서 유독 강하다. 컬링, 골프, 사격, 양궁, 탁구 등이 그 예다. 여자골프는 세계 10위권 안에 무려 6~7명의 선수가 포진해있는 반면, 긴 하체와 강한 체력을 요구하는 육상경기에서는 아프리카와 유럽선수들에 비해 성적이 저조한 편이다. 야구의 경우도 그렇다. 미국과 유럽은 우리의 상대가 못 된다. 우리의 적수는 대만과 일본이다.

발차기를 주로 하는 태권도의 경우는 어린이집 다닐 때부터 시작하고 국기로서의 저변인구가 많아 유단자만 해도 4백만 명이 넘을 만큼 선수층이 두꺼워 아직까지는 종주국으로서의 자존심을 지키고 있다. 하지만 멀지 않아 하체가 발달한 서양 사람들에게 선

두자리를 내주어야 할지도 모른다고 조심스럽게 점쳐보는 바다.

그러나 이런 현상은 결코 절대적이지는 않다. 축구 잘하는 박지성도 있고 빙상경기의 이상화 선수도 있다. 쇼트트랙에서는 타의 추종을 불허할 만큼 압도적인 기량을 보여주고 있으며 한국의 아이돌은 칼군무와 화려한 퍼포먼스로 세계 대중음악을 선도하고 있다.

결론적으로 스포츠와 음악은 지역적 특성과 타고난 신체적 조건에 따라 어느 정도 영향을 받는 것은 당연하지만 경제적 조건, 환경, 과학적 트레이닝, 노력에 따라 얼마든지 그 한계를 뛰어넘을 수 있다는 얘기다.

옛날에는 개천에서 용이 나왔지만 지금은 가능성이 희박하다고 한다. 용은 대부분 서울의 강남에서 나온다. 혹자는 뜬금없이 스포츠 얘기를 하다가 웬 용 이야기를 꺼내느냐고 반문할 수 있겠다. 다만 척박하고 메마른 땅에서는 식물이 잘 자랄 수 없으며 좋은 곳으로 옮겨 심고 꾸준히 물도 주고 거름도 주고 잡초도 뽑아주어야 잘 자란다는 얘기를 하고 싶었다.

사람의 운명도 이와 같다. 일반적으로 사람들의 행동은 40%가 의사결정이 아닌 습관에 의해서 결정된다고 한다. 사주팔자와 운명을 탓하지 말고 척박한 땅에서 양질의 땅으로 옮겨 심듯이 생각, 행동, 습관, 환경을 바꿔야 자신이 원하는 삶에 한발 더 다가설 수 있게 된다.

※

때와 기회

사람들은 연초가 되면 스님을 찾아가 토정비결 좀 봐달라고 머리를 극적이며 조심스럽게 말을 꺼내기도 하고, 친한 지인과 함께 점집이나 철학관에 찾아가 한 해의 운을 점쳐보기도 한다. 이사나 결혼날짜를 정할 때는 손 없는 길일을 선택하기도 하고 자녀들의 결혼을 앞두고 서로 궁합을 맞춰보기도 한다.

부모님들의 이런 간절한 마음은 당신을 위해서가 아니라 대부분 자녀의 진학, 취업, 결혼, 직장에서의 승진, 가족의 건강을 간절히 바랐기 때문일 것이다.

필자도 한때는 그런 것들에 관심이 많아 사주, 관상, 풍수 등 이것저것 관련된 서적을 읽어보기도 하고 공감하는 부분이 있으면 메모해두기도 했다. 집안에 있는 가구의 위치를 바꾸기도 하고, 현관 신발장 위에 행운을 가져다준다는 작은 소품을 장식하기도 하고, 동짓날엔 팥죽을 쒀서 대문과 옥상 장독대 주변에 뿌리기도 했다. 새 차를 구입하면 안전운행을 기원하며 고사를 지내기도 하고 정월대보름날엔 직장에서 무사고, 무재해를 기원하는 행사를 하기도 했다.

▶ 사람의 몸은 우주의 일부

흔히 인간을 소우주라고도 한다. 지구에는 5대양 6대주가 있듯이 인간에겐 5장 6보가 있고, 음과 양이 있듯이 서양과 동양이 있다. 동서남북 네 방향이 있듯이 한의학에서는 인간의 몸과 신경조직도 상하좌우를 제어하는 기능이 각각 다르다 했고, 석가모니께서는 인간의 몸은 지수화풍(地水火風), 네 가지 물질로 이루어져 있다고 했다.

얼마 전 미국의 항공우주국 나사(NASA)에서도 달이 인간의 건강과 질병에 영향을 미칠 수 있다는 과학적 근거를 발표한 적이 있다. 천체물리학을 연구하는 나사의 이와 같은 발견은 과학적 시각의 변화라는 의미에서 매우 흥미로운 결과가 아닐 수 없다. 그런 면에서 볼 때 사주가 크든 작든 인간에게 일정부분 영향을 미치게 된다는 사실에 대해서는 어느 정도 인정해야 한다고 본다.

주역은 과학적 기반을 외면한 미신이거나 무지한 중생들에게 혼란을 부추기는 혹세무민(惑世誣民)의 수단이 아니라 철저한 통계에 따른 법칙이다.

선조들은 비록 오늘날과 같이 우수한 천체망원경을 활용하지 못했지만 나름대로의 방식을 이용하여 오랜 세월을 거치면서 달과 별자리의 이동을 관찰했고, 인간의 질병과 각기 다른 운명의 원인과 이유를 분석하기 위해 자료를 모으고 분석했다. 이 과정에서 '저런 사주를 갖고 태어난 사람은 보편적으로 저런 삶을 살았고, 이런 관상을 가진 사람은 이런 삶을 살고 있더라.' 하는 평균적 통계를 반영한 고전적 학문이 주역이라고 보면 된다.

▶ 풍수(風水)와 인간

풍수 또한 사주 못지않게 인간의 건강과 운명에 영향을 미치는 요인으로 작용한다.

소나무는 건조하고 척박한 곳에서 잘 자라지만 미루나무와 버드나무는 습한 땅에서 잘 자란다.

몸에 좋은 인삼과 녹용도 누구에게나 보약이 되는 것은 아니다. 사상체질(태음·태양·소음·소양)에 따라 내 몸에 이로운 음식과 해로운 음식이 있듯이 모든 것은 사람의 타고난 근기와 신체적 조건에 따라 다르게 적용되는 것이 만물의 이치다.

식당이 잘 된다는 이유로 임차인을 쫓아내고 건물 주인이 직접 뛰어들었다가 실패한 경우도 있고, 손님이 많아지자 가게를

넓은 곳으로 이전하거나 확장했다가 실패하는 경우를 종종 목격하는데, 이런 현상들은 모두 당사자와 풍수가 맞지 않거나 인연이 아니어서 오는 결과다.

명당이라고 해서 누구에게나 명당이 되는 것은 아니다. 가정에서 사용하는 전자제품에는 각 제품마다 필요로 하는 적당한 전류가 있듯이 풍수 또한 이와 같다. 천체물리학에 재능 있는 자녀를 돈과 명예를 단번에 얻을 수 있다는 이유로 연예인이나 의사를 만들려는 것은 부모님의 지나친 욕심이다.

또 명당이라고 해서 누구에게나 활짝 열려있는 것도 아니다. 명당의 가치를 얻고 혜택을 누리기 위해서는 그에 걸맞은 인격과 그릇과 덕을 갖추어야 한다. 자신의 적성과 능력에 맞지 않는 공부를 하다가 결국 극단적인 선택을 하는 젊은이들을 종종 보아왔다. 자기 몫도 아니고 감당해 낼 수 있을 만큼의 덕을 갖추지도 못한 사람이 명당에 욕심내어 질서를 어지럽히면 오히려 큰 해를 입게 된다.

▶ 모든 것은 다 때가 있다

사계절이 또렷한 우리 땅에서 자란 채소가 그렇지 않은 나라에서 자란 채소보다 우리 몸에 제일 잘 맞고, 장마철에 수확한 수박과 참외보다 그렇지 않을 때 수확한 수박과 참외가 더 달고 맛있다.

같은 가지에서 나온 열매나 과일이라도 일찍 맺힌 열매는 당도와 신선도에서 뛰어나지만 계절이 지나 뒤늦게 맺힌 끝물의 과일과 열매는 맛과 모양에서 크게 뒤떨어진다.

농사짓는 것도 종류마다 파종과 수확의 시기가 다르다. 마늘은 늦가을에 심어 월동한 뒤 장마가 오기 전에 수확해야 하고, 완두콩은 겨우내 얼었던 땅이 막 녹기 시작할 무렵 심어야 한다.

김장용 배추와 무는 하지가 지나서 심어야 적기에 수확할 수 있고, 나무는 새 잎이 나오기 전에 옮겨 심어야 말라죽지 않고 뿌리가 잘 자란다.

이와 같이 사람에 관한 일도 모두 때가 있다. 만약 노력을 아끼지 않고 최선을 다했는데도 불구하고 일이 이루어지지 않거나 연속해서 실패를 반복했다면 그것은 팔자가 사나워서도 아니고 운이 나빠서도 아니다. 다만 시기를 잘못 선택했거나 아직 수확의 계절이 아니라서 그렇다고 봐야 한다. 그러나 앞 장에서 누누이 얘기한 것처럼 모든 현상을 획일적으로 적용한다거나 절대 불변의 법칙은 아니다.

'나를 알고 적을 알면 백 번 싸워 백 번 이긴다.'는 말이 있다. 사주, 관상, 손금을 보는 이유도 그와 같다. 적당한 시기에 파종하고, 약을 치고, 거름을 주고, 곡식을 거둬들이기에 적당한 때와 방법을 찾고자 하는 의미로 받아들여야 한다.

필자의 사주에는 역마살(役馬煞)이 들어있다. 보편적으로 역마

살이 있는 사람은 한곳에 오래 머물지 못하고 이곳저곳 자주 옮겨야하는 팔자라고 한다. 그래서 역마살을 가지고 태어난 사람은 직업을 선택할 때 무역업을 하거나 판매영업사원이 적성에 잘 맞는다고 한다. 그런 사주 때문인지 모르겠지만 지금까지 직장 내에서 무려 24번의 자리를 옮겼다. 40년 가까이 근무했으니 평균 1년 6개월에 한 번씩 자리를 옮긴 셈이다.

▶ 지성이면 감천

큰 고난의 위기를 잘 넘겼을 때 우리는 흔히 '불행 중 다행이다.'라고 하고, 앞으로 닥쳐올 큰 액운을 작은 고난으로 대신했을 때에는 '액땜했다고 생각하라'며 위로하기도 한다.

이와 같이 인간에게도 길운, 행운, 액땜처럼 눈에 보이지도 않고 만져볼 수도 없는 형태의 형이상학적 현상이 존재한다.

사주팔자도 피할 수 있으면 완벽하게 피하고, 그렇지 못할 경우라면 큰 것을 작은 것으로 대신하는 액땜의 형식으로 접근해야 한다. 즉, 아무것도 모른 채 앉아서 당하기보다는 미리 알아서 확인하여 손실을 줄이거나 피할 수 있는 방법이 있으면 피해가는 예방적 차원에서 접근해야 한다는 뜻이다. '사주가 그렇고 태어난 운명이 이러하니 내 어찌 하겠는가?' 하며 포기하거나 그대로 방치하지 말고 부족한 부분은 채우고 과한 부분은 조금씩 없애주면 된다.

듣기만 해도 가슴 뛰는 말

예를 들어 사주에 불의 기운이 강하게 태어나 성격이 급하고 다혈질적인 경향을 보인다면 한 발 뒤로 물러나서 화의 원인을 되돌아보거나 잠시 그 자리를 피해서 시간을 가져보는 것도 해결의 한 방법이다.

남의 말을 쉽게 믿어 충동구매를 하는 경우가 많다면 꾹 참았다가 하룻밤 자고 나면 생각이 완전 달라지는 경우를 종종 경험하게 된다. 사람의 마음은 어느 한 가지에 꽂히면 당장은 머리에서 쉽게 떠나지 않는다. 이럴 때는 시간이 약이다. 잠시 쉬었다 가야 한다.

'지성이면 감천'이라 했던가? 어떤 물체에 힘을 가하거나 바람이 부는 방향에 따라 물체가 움직이는 방향이 바뀌는 것처럼 기도하고 참회하면서 생각과 습관을 바꾸면 운명도 바뀌게 된다.

종교와 믿음을 갖는 이유는 내게 없는 것을 얻고자 하거나 더 많은 것을 요구하기 위해서가 아니라 신과 자연 앞에 경솔하거나 오만하지 않고 자신의 몸을 낮춰 겸손을 배우는 덕행의 근본이기 때문이다.

누군가로부터 마음에 큰 상처를 받았다면 원망하거나 복수하려 하지 말고 혼자 가까운 산에 올라가 성철 스님께서 말씀하신 '산은 산이요, 물은 물이로다'를 작은 소리로 천천히 열 번만 반복해보자. 그러면 그 뜻이 무엇인지 모르지만 나도 모르게 눈물이 떨어지면서 마음이 편안해지고 상처가 치유될 것이다.

☀

선비가
책을 소리 내어
읽는 이유

'하늘천 따지 검을현 누루황 집우 집주….'

어느 사랑채에서 도령의 글 읽는 부드럽고 맑은 목소리가 빗자루로 낙엽을 쓸던 마당쇠의 손을 잠시 쉬게 하고, 좁은 골목을 지나가던 젊은 아낙의 발걸음을 잡아둔다. 마루 밑에서 꾸벅꾸벅 졸고 있던 검둥이의 귀를 쫑긋 세우게 하고, 빨래터에 다녀오는 댕기머리 소녀는 부엌문 앞에 우두커니 선 채로 잠시 굳어있다. 밤나무 위에 있는 종달새도 선비의 낭랑한 목소리에 기가 눌린 듯 침묵을 지키고 있고, 뒤뜰 억새풀을 춤추게 하던 가을바람마저 이웃동네로 마실 나간 듯 조용하기만 하다.

우리 조상님들은 책을 읽을 때 왜 이토록 입으로 소리 내면서 읽었을까? 혹여 공부할 때 눈으로 보고, 입으로 읽고, 귀로 듣고, 오감을 자극하면 뇌의 활성화와 집중력을 증가시켜 기억도 오래가고 공부효과도 뛰어나다는 과학적 이론을 이미 그때부터 알고 있었던 것은 아닐까? 아니면 저 멀리 안방에 앉아 곰방대에 불을 붙이고 부채질 하고 있는 부모님에게 '소자 지금 열심히 공부하고 있습니다.'하며 일부러 보여주기 위한 쇼맨십은 아니었을까?

필자는 선비가 큰 목소리로 책을 읽었던 이유는 글 모르는 노비 마당쇠와 분이를 위한 배려차원이었을지도 모른다는 다소 엉뚱한 생각을 해보았다. 당시에는 글을 읽는 것은 오직 양반들에게만 주어진 특권이었다. 천민은 책을 읽을 권한도 없었고 배워서도 안 되었으며 글을 알 필요도 없었다. 이런 사회제도에서 노비와 천민들이 글을 익힐 수 있는 방법은 몰래 숨어서 귀로 듣거나 어깨너머로 배우는 수밖에 없었다. 그래서 '서당개 3년이면 풍월을 읊는다.'는 속담이 생겨났는지 모른다.

하지만 천민들이 글을 배우고 익히는 것을 엄격히 법으로 금지하고 있었을 뿐만 아니라, 양반들 또한 특권층에 도전하는 지식인을 경계했다. 그런 양반들이 노비와 하인들에게 듣고 배울 수 있는 기회를 주기 위한 배려차원에서 소리 내어 글을 읽었을지도 모른다는 가상적 논리의 접근은 순 엉터리라는 것을 필자가 모르는 바가 아니다.

다만 강한 사람은 약한 사람을 위해, 많이 가진 사람은 적게 가진 사람을 위해, 많이 알고 있는 사람은 모르는 사람을 위해 양보하고 배려하고 베푸는 대승적 차원에서 사회의 갈등을 풀어 가야 한다는 바람에서 한 말일 뿐이다.

스님들께서 매일같이 새벽 4시가 되면 사찰 주변을 천천히 돌며 천수경을 독송하는데 이것을 '도량석'이라고 한다. 처음 시작할 때에는 목탁 소리가 귀에 들릴까 말까 한 아주 작은 소리를 내다가 점점 크게 두드리는데, 그 이유는 아직 잠에서 덜 깨어난 산짐승들이 놀라지 않도록 배려하는 차원에서라고 한다. 경내를 구석구석 돌며 큰 목소리로 염불을 하는 이유도 벌레, 새, 산짐승 등이 스님의 염불 소리를 듣고 무명에서 벗어나 깨달음을 얻으라는 이유에서라고 하니 저절로 손이 모아지고 머리가 숙여진다.

'위학일익 위도일손(爲學日益 爲道日損)'이라는 말이 있다. 노자의 도덕경에 나오는 글로서 '배우는 것은 날마다 채우는 것이요, 도를 닦는 것은 날마다 비우는 것이다.'라는 뜻이다.

'행복은 많이 가졌을 때 오는 것이 아니라 넘치지 않을 때 오는 것이고, 무소유란 아무것도 가진 게 없을 때 이루어지는 것이 아니라 만족할 때 이루어지는 것'이라고 했다.

선비는 마당쇠와 여종 분이의 귀가 열리기를 바라는 마음에서 큰 소리로 글을 읽고, 스님은 산짐승들이 깨달음을 얻기를 바라는 마음에서 염불을 하듯, 공존을 위해 서로 베풀고 배려하는 것이 지구와 인류가 원하는 이상적 모델이 아닐까.

☀

팔만대장경의
비밀

어느 불제자가 스님에게 이렇게 묻는다.

"스님, 불교가 무엇입니까?"

"불교란 마음이니라."

"그럼 마음은 어디에 있는 것입니까?"

"거울 속에 있느니라."

"거울 보니 못생긴 제 얼굴만 보이고 마음은 안 보입니다."

"그럼 화장실에 가서 찾아보거라."

사람의 마음은 실체도 없고 보이지도 않으니 어디 가서 찾을 수 있겠는가?

불교에서는 사람의 근기를 크게 상·중·하 세 가지로 구분하여 설명한다. 근기(根氣)란 능력이 있고 없고, 또는 지혜롭거나 덜 지혜로운 것이 아니라, 그 사람이 본래부터 가지고 있는 영역과 성품으로서 사람마다 각각 다른 관점과 생각의 차이라고 이해하면 되겠다.

근기에 대해 좀 더 구체적으로 들여다보자.

어느 날 석가모니께서 대중과 제자들에게 법을 설하는 자리에서 아무 말 없이 꽃을 들어 보이자 다른 사람들은 무슨 뜻인지 몰라 눈만 끔벅이고 있을 때 10대 제자 중 한 사람인 가섭존자만이 그 뜻을 이해하고 미소를 지었다고 한다.

또 석가모니께서 어느 날 제자들과 함께 길을 가다가 버려진 휴지 조각을 가리키며 "무엇에 쓰였던 종이겠느냐?" 하고 물었다. 제자는 종이를 주어 냄새를 맡아본 뒤 "향내가 나는 것으로 보아 아마 향을 쌌던 종이였을 것입니다."라고 대답했다. 얼마 더 가서 이번에는 버려진 새끼줄을 가리키며 무엇에 사용했던 것인지 물었다. 제자는 새끼줄을 주어 냄새를 맡아본 뒤 "생선비린내가 나는 것으로 보아 생선을 묶었던 것 같습니다."라고 대답했다. 이에 석가모니는 제자들을 향해 이렇게 말씀하신다. "사람도 이와 같이 선업을 지으면 향을 쌌던 종이처럼 그 사람의 마음에서 향내가 나고, 악업을 지은 사람에게서는 생선을 묶었던 새끼줄처럼 썩은 생선냄새가 나게 된다. 또 착한 친구를 가까이하면 착한 사람이 되고 나쁜 친구를 가까이하면 자신도 나쁜 사람이 되는 것과 같은 이치이니라."

석가모니께서 꽃을 들어 보였을 때 그 뜻이 전하는 깊은 의미를 금방 이해했던 가섭존자는 분명 상근기에 해당한다고 볼 수 있고, 붉은 색을 가까이하면 붉게 물들고 검은 색을 가까이하면 검어진다는 '근주자적근묵자흑(近朱者赤近墨者黑)' 사자성어를 어렵지 않게 이해했다면 그 사람은 중근기에 속하며, 향을 쌌던 종이와 새끼줄의 사례를 통해서 그 뜻을 이해했다면 그는 하근기에 속하는 사람이라고 보면 얼추 맞을 것 같다.

어떤 사람은 다이어트에 수영이 최고라 하고, 어떤 사람은 달리기가 으뜸이라 하고, 어떤 이는 소식이 가장 효과적이라고 한다. 하지만 정답도 없고 틀린 답도 없다. 체력이 강한 사람은 달리기를 하면 되고 보통인 사람은 수영을, 약한 사람은 먹는 양을 조절하면 된다. 즉, 자신의 신체적 조건과 근기에 맞는 방법을 선택하면 되는 것이다.

불교경전도 마찬가지다. 어떤 스님은 화엄경이 으뜸이라 하고, 어떤 법사는 금강경이 최고라 하고, 어떤 신도는 반야심경이 최고라 한다. 하지만 그 어떤 경전도 우월하거나 열등한 것은 없다. 단박에 깨달음을 가져다주는 족집게 같은 경전도 없다. 처음에는 서로 다르게 시작했으나 오랜 세월에 거쳐 깊이 들어가다 보면 결국은 공(空)의 세계에 이르게 된다.

근기는 문제를 해결하는 능력이나 어떤 사물에 대한 이해능력과는 별개 문제다. 인문·사회계열을 전공했거나 적성이 맞는 학생은 어학이나 정치·경제에 강한 반면 수학이나 물리과목에 있어서는 취약하고, 반대로 자연·이공계 학생들은 수학과 화학에 강한 대신 문학이나 역사과목에 취약한 것과 같은 이치다.

이렇듯 석가모니께서 '마음'이라는 진리 하나를 설명하기 위해 그 사람의 근기에 맞게 적절한 비유를 들어 설명하다보니 팔만 사천의 대경전이 나오게 된 것이다.

다시 말하면 우리 인류는 성격, 인품, 소질, 사고력, 가치관, 생각 등이 서로 다른 8만 4천의 다양한 사람들이 어우러져 함께 공존하며 살고 있다는 뜻으로 이해하면 무난할 것이다. 그것이 팔만대장경의 진정한 의미이며 인류에 전하고자 하는 숨겨진 메시지이다.

듣기만 해도 가슴 뛰는 말

※

지구의 주인은
인간이 아니다

오늘 아침 텔레비전에서 어느 귀농인의 안타까운 사연을 소개하는 방송을 보았다. 농사지으려고 약간의 밭을 사서 곡식을 심었지만 성장하지 못하고 계속 말라죽기에 그 원인을 찾아보려고 굴삭기를 동원하여 흙을 파보았더니 땅속 깊은 곳에 온갖 산업폐기물과 생활쓰레기가 묻혀있는 것을 발견했다. 누군가가 불법으로 몰래 매립하고 그 위에 황토를 덮어 사람들의 눈을 감쪽같이 속인 것이다. 폐기물의 양도 무려 5미터 정도의 두께로 쌓여 있었으며 매립한 지도 오래된 듯 일부 폐기물들은 이미 부패가 진행 중에 있었고 잘 썩지 않는 플라스틱과 산업폐기물들은 그대로 남아있었다. 그런 줄도 모르고 귀농인은 그곳에 곡식을 심었으니 그 농작물이 잘 자랄 수 있었겠는가?

그뿐만이 아니다. 얼마 전 이탈리아 해안가에서 숨진 암컷 고래를 발견했는데 부검결과 숨진 고래의 뱃속에는 고기 잡는 그물망, 전깃줄, 플라스틱 등 무려 40kg 정도의 쓰레기가 들어있었다고 한다.

녹색연합의 발표 자료에 따르면 지구에는 약 1,250만 종의 생물이 살고 있지만 무분별한 개발에 따른 서식지 파괴, 환경오염, 기후변화 등의 영향으로 양서류의 30%, 포유류의 23%, 조류의 12%가 멸종위기에 처해있으며 20분마다 한 종씩 지구에서 사라지고 있다고 한다.

10년 전만 해도 우리 집 마당 풀밭에 반가운 메뚜기와 사마귀가 날아왔었고 작년에도 회양목에 꽃이 필 무렵이면 많은 꿀벌과 나비가 몰려들어 서로 경쟁하듯 열심히 꿀을 채취하는 모습을 볼 수 있었다. 하지만 올해는 단 한 마리의 벌도 볼 수가 없었다. 꽃이 지고 계절이 바뀔 때까지 기다리고 또 기다려봤지만 꿀벌은 끝내 나타나지 않았다. 환경오염과 생태계변화 등 여러 가지 원인에 의해 반가운 친구들을 모두 잃은 셈이다.

지구의 주인은 인간이 아니다. 또 지구에 존재하는 만물은 인간만이 독점하고 그 혜택을 누리는 전유물도 아니다. 눈에 보이지 않지만 바다 속 깊은 곳에서 생명을 준비하고 있는 미생물의 것이기도 하고, 존재감을 드러내기에는 너무 미약한 작은 풀벌레의 것이기도 하고, 하늘을 호령하는 독수리의 것이기도 하다.

내 몸에 작은 가시 하나만 박혀도 아프거늘 쓰레기를 땅속에 묻는 행위는 지구라는 몸에 대못을 박는 행위이다.

지구의 나이는 무려 45억 년이다. 백 년도 못 사는 인간은 지구를 아프게 할 자격이 없다. 내 것이라 주장할 만한 권한과 권리도 없다. 인간은 지구를 임대료 없이 잠시 빌려 쓰고 있는 것과 같으니 한량없는 고마움을 느끼고 곱게 사용하다가 온전한 상태로 후손들에게 물려 주어야 한다.

유명을 달리한 스티븐 호킹 박사는 앞으로 지구는 200년 안에 멸망할 가능성이 높으므로 인류가 생존하려면 화성이나 다른 행성으로 이주할 준비를 해야 한다고 경고했다. 더불어 인류 멸망의 대표적인 원인은 지나친 화석연료의 사용과 무분별한 개발, 환경오염 등 지구 온난화와 기후 변화에 있다고 하였다.

앞으로 200년 후라면 그리 멀지 않은 시간이다. 우리 자녀의 자녀들이 그 세대에 속한다. 얼마나 끔찍한 미래의 재앙인가?

우주의 가치와 본질은 공존에 있다는 것을 앞에서 여러 차례 밝힌바 있다. 지구는 생물과 무생물이 상호작용을 통해 스스로 변화하고 치유하면서 가장 최적화한 상태로 진화해간다. 이런 현상을 그리스신화에 나오는 대지의 여신 이름을 붙여 '가이아 이론'이라고 한다.

강과 하천에 인위적으로 보(洑)를 쌓았다가 허물기를 반복하면 그것도 일종의 생태교란에 해당한다. 이미 보를 쌓았다면 그대로 놔두는 것이 오히려 더 나을 수도 있다. 자연은 스스로 그 환경에 맞춰 적응하고 최적화한 상태로 진화하기 때문이다.

산과 강과 바다는 모두 제 역할과 본래의 모습이 있지만 산을 깎아 강을 없애고 바다를 메워 건물을 짓는 행위가 지구에게는 결코 바람직한 행위가 아니거늘 하물며 쓰레기를 함부로 버리고 폐기물을 땅에 묻는 행위는 단지 나라에서 금지하고 있는 현행 법률을 위반한 범죄행위에 해당하는 것만이 아니다. 지구를 농락하는 파렴치한 행위이며 하늘의 질서를 어지럽히고 파괴하는 행위로서 언젠가는 반드시 그만한 대가를 되돌려 받게 된다.

전 세계에서 생산되고 있는 플라스틱은 겨우 20%만 재활용되고 나머지는 땅에 묻히거나 소각된다고 한다. 더욱이 중국에서 재활용쓰레기를 수입하지 않겠다고 발표한 터라 오갈 곳이 없어진 수많은 플라스틱 제품들은 안타깝게도 무분별하게 바다에 버려질 가능성이 더 높아졌다.

우리나라에서도 발생하는 생활쓰레기의 50% 정도만 재활용되고 있다고 하는데, 분리수거 방법의 혼돈으로 새로 만드는 것보다 재차 분리하고 세척하는 데 드는 비용이 더 많이 들기 때문이라는 이유에서다.

최근에 비닐봉지와 플라스틱제품 사용을 억제하겠다는 차원에서 마트에서는 비닐봉지 한 개에 20원씩 받고 있고 커피숍에서는 일회용 빨대를 지급하지 않고 있지만 근본적인 문제를 해결하기에는 역부족이다. 단돈 20원을 절약하기 위해 시장바구니를 들고 다닐 소비자는 아무도 없다.

필자가 초등학교 다닐 때는 콜라병 한 개면 아이스크림 한 개와 바꿀 수 있었고 깨진 유리병 세 개면 빨래비누 한 개와 서로 바꿀 수 있었다. 맨발로 논밭에 들어가 일을 해도 살을 베일 염려가 없었고 아이들은 언덕에 물을 뿌린 뒤 벌거벗은 상태로 엉덩이와 배를 이용하여 미끄럼을 타고 내려와도 상처 하나 입지 않을 만큼 안전한 환경이었다.

물론 당시 국가정책은 안전하고 청정한 환경을 우선시했다기보다는 자원이 부족했기 때문에 깨진 병조각, 버려진 농약병, 찢어진 비료포대가 귀한 자원으로서 가치를 인정받을 수밖에 없는 상황이었다고 할 수 있다. 하지만 현재와 같은 환경의 심각성을 해결하기 위해서는 정부가 적극 나서지 않으면 안 된다.

언론매체에서는 분리수거방법을 국민들이 완벽하게 숙지하고 정착될 때까지 지속적으로 홍보하고, 불법행위에 따른 처벌도 강화하는 등 좀 더 강도 높은 정책이 필요하다.

☀

감정노동자의
애환

'수리수리 마하수리 수수리 사바하….'

손오공 만화에서 요술을 부릴 때 자주 등장하는 주문(呪文)이다. 그러나 원래는 불교경전 중 가장 대표적인 '천수경'의 맨 첫머리에 나오는 진언(주술적 언어)이다. 인도어를 번역 없이 그대로 사용하고 있는데, 굳이 한글로 번역하자면 '맑고 깨끗해져라' 또는 '입으로 지은 죄를 참회한다.'는 뜻이 된다.

그렇다면 불제자들이 가장 많이 읽는 천수경의 맨 앞에 왜 이 진언을 놓았을까? 그 이유는 사람들이 세상을 살아가면서 짓게 되는 '죄' 중에 입을 통해서 짓는 죄가 가장 많고 가장 무겁기 때문이다.

명심보감에도 '입과 혀는 모든 재앙과 근심의 근원이며 몸을 망치는 도끼와도 같다'고 하며 말을 하되 신중해야 함을 강조한다.

언어를 가지고 있는 인간은 고의든 실수든 아니면 습관이든 남의 마음에 상처를 주고 가슴에 못을 박는 숱한 말들을 수도 없이 쏟아낸다. 남을 모함하거나 진실을 숨기기 위한 거짓말만이 죄가 아니다. 지키지 못할 약속을 하는 것도 죄이고, 남의 말을 왜곡해서 전달하는 것도 죄이고, 막말을 하거나 화를 내는 것도 죄에 해당한다.

▸ 학부모가 학교정책이나 담임선생님의 결정에 불만을 품고 학교에 찾아가 학생들이 보는 앞에서 선생님에게 큰소리로 항의하는 것.

▸ 일 처리가 늦어진다는 이유로 고객센터 상담사에게 반말을 하거나 욕설을 하는 것.

▸ 운전하면서 양보하지 않았다는 이유로 경적을 울리고 악담을 하며 지나가는 것.

▸ 민원을 제기하기 위해 관공서에 찾아가 직원에게 고함을 지르고 으름장을 놓는 것.

▸ 물건을 사러 왔다가 가격만 물어보거나 이것저것 입어본 뒤 사지 않고 되돌아가는 고객의 등 뒤에 재수 없다고 중얼거리는 것.

▸ 학교성적 떨어지면 용돈을 줄이겠다며 자녀에게 겁을 주는 것.

▶ 길거리에서 구걸하는 사람에게 멀쩡한 사람이 일하지 않고 저러고 있다며 비난하는 것.

▶ 반찬 맛없다고 아내를 핀잔하는 것.

▶ 돈 못 벌어 온다며 남편에게 면박을 주는 것.

▶ 재래시장에서 시금치 한 다발 사면서 덤 안 준다며 인심 고약하다고 불평하는 것.

▶ 병원 응급실에서 자기 먼저 치료해 달라며 간호사에게 고함치는 것.

▶ 식당에서 주문한 음식이 늦게 나왔다는 이유로 종업원에게 큰소리 치는 것.

▶ 회사에서 일 못한다는 이유로 능력이나 인격을 들먹이며 모멸감을 주는 것.

▶ 무례하다는 이유로 젊은이에게 가정교육 운운하며 부모를 흉보는 것.

▶ 평소보다 요금이 몇 백 원 더 나왔다는 이유로 택시기사에게 시비 거는 것.

▶ 술 마시고 길에 누워있는 사람 구해줬더니 술 안 취했다며 출동한 구급대원에게 행패를 부리는 것.

▶ 구입한 로또복권에 당첨되지 않았다는 이유로 복권을 찢어버리며 '이건 사기'라며 불만을 표시하는 것.

듣기만 해도 가슴 뛰는 말

엄격하게 따지면 위에 열거한 사례들은 모두 입으로 짓는 작은 죄에 해당한다고 볼 수 있다.

타인으로부터 존중받고 싶다면 다른 사람들에게 함부로 대하면 안 된다. 내가 욕하고 무시하고 하찮게 생각하는 그들이 누군가에게는 눈에 넣어도 아프지 않을 만큼 귀한 자녀이고, 사랑하고 존경하는 부모님이기 때문이다.

☀

불교는
종합선물세트

오늘날 전 세계에 존재하는 종교는 1만 개가 넘으며 세월이 흐를수록 그 숫자가 조금씩 증가한다고 한다.

통계청 발표 자료에 따르면 2017년 기준, 우리나라에 등록된 종교종단만 해도 500여 종에 이르고, 교회, 사찰, 성당 등 종교 관련 단체는 무려 7만 2천여 개로 커피전문점(5만 6천)보다 더 많다고 한다. 그래서 어떤 사람은 우리나라를 '종교백화점'이라고 표현하기도 한다.

불교는 인도에서 발생했다. 인도는 높은 산도 있고, 사막도 있고, 밀림도 있고, 큰 강도 있다. 한마디로 지구상에 존재하는 모든 동·식물들이 서로 어우러져 생존할 수 있는 최적의 조건을 갖추고 있는 셈이다. 땅도 넓고 자원도 풍부하여 서로 많이 차지하려고 전쟁을 일으키거나 아옹다옹 다툴 필요도 없는 나라다.

듣기만 해도 가슴 뛰는 말

그런 환경에서 태동한 종교이기 때문인지 모르겠지만 불교는 도교, 유교, 단군교, 증산도, 무속신앙, 풍수, 역학 등 교리와 국적을 불문하고 모든 종교의 범주와 영역을 조금씩 포함하고 있다. 예를 들어 조상님께 제사를 지내는 것은 유교와 관련이 있고, 깊은 산속에 들어가 물과 채소만 먹으며 명상하는 것은 도교의 영향을 받았다고 볼 수 있으며, 어떤 스님은 불교교리를 전달하면서 증산도의 후천개벽 논리를 가끔씩 인용하기도 한다.

우리나라 고유 경전의 하나인 천부경과 불교의 우주관을 접목시켜 해석하는 것은 단군교를 반영한 것이고, 돌아가신 조상님의 극락왕생을 기원하며 천도제를 올리는 것은 전통신앙의 한 부분을 받아들인 것이다.

이와 같이 불교가 각 종교마다 가지고 있는 교리와 의식을 조금씩 포함하게 된 배경에는 불교가 먼저 타 종교를 능동적으로 수용했기 때문일 수도 있고, 반대로 여타의 종교들이 불교를 모방했을 수도 있다.

그러나 필자가 생각하기에 불교가 특정의 계산된 목적을 가지고 있었다거나 아니면 불가피한 선택의 이유에서가 아니라, 공존을 위해 여타의 종교를 능동적으로 흡수한 것이며, 중생이 원하는 것이라면 무엇이든 귀담아 듣고 적극 해결해 주려는 인간 중심의 사상, 인본주의적 종교이기 때문이라고 생각한다.

세계 역사상 영토를 확장하기 위한 전쟁도 있었고, 자원을 획득하고 국가의 경제적 이익을 위해 벌인 전쟁도 있다. 그런데 최근에는 영토 확장이나 정치적 이념보다 종교적인 이유로 국가 간 또는 내부에서 분쟁과 전쟁이 끊임없이 벌어지고 있다.

며칠 전 스리랑카에서는 부활절 행사가 진행되고 있던 가톨릭 교회에서 자살폭탄테러가 발생하여 300여 명이 숨지고 500여 명이 부상을 입는 안타까운 사건이 발생했다.

내 종교가 가장 우월하다는 생각과 내 편이 아니면 모두 적이라는 이중적 잣대와 모든 상황을 자기중심적으로 생각하는 인간의 편협한 이기심이 있어서는 안 될 대 참사로 이어진 것이다. 그런 면에서는 우리나라도 영원히 자유로울 수만은 없고, 완벽하게 안전장치가 작동하고 있다고 단정 지을 수도 없다.

국제결혼이 보편화되면서 다문화가정이 점점 늘어나고 있고, 삼백만 명이 넘는 외국인 근로자가 우리나라에 들어와 있는 다국적 국가의 현실에서 다른 나라 사람들의 종교와 이념과 가치를 이해하고 존중함으로써 갈등이 발생하지 않도록 관리하는 것도 앞으로 우리가 함께 고민할 과제 중의 하나가 아닐까 생각한다.

세상은 개혁의 대상이 아니라 참여의 대상이다. 물을 강제로 먹이려 하지 말고, 그저 저 가까운 곳에 갈증을 달래줄 맑고 깨끗한 우물이 있음을 알려 주고, 그곳의 방향만 제시하는 것으로 만족했으면 한다.

나와 너는
둘이 아니다

고즈넉한 산사를 찾아가면 절 입구에 불이문(不二門)이라는 전각이 우뚝 서 있는 것을 맨 처음 만나게 된다. '둘이 아니다.'라는 이 문을 통과하려면 우선 '나'라는 생각부터 미련 없이 버려야 한다. 그것이야말로 법당 안에 앉아계신 부처님이 절을 찾아온 중생들에게 요구하는 근엄한 명령이다.

너와 나는 다르다는 생각, 부처와 중생은 따로 존재한다는 생각, 이것은 선이고 저것은 악이라는 생각, 너는 남자고 나는 여자라는 생각, 나는 부자고 너는 가난하다는 생각, 인간과 자연은 따로 존재한다는 생각, 나는 잘났고 너는 못났다는 생각, 이것은 내 것이고 저것은 네 것이라는 생각, 내가 옳고 너는 그르다는 생각, 너는 어리고 나는 어른이라는 생각, 이것은 물이고 저것은 불이라는 생각 등 상대적 개념과 이분법적 논리는 모두 버려야 할 대상임을 알려 주는 것이 불이문이다.

- ▸ 석가모니께서도 부처가 되기 전에는 인도의 왕자였지만 출가하여 큰 깨달음을 얻어 부처가 되었듯이 부처와 중생은 둘이 아니다.
- ▸ 봄비는 농부들에겐 단비와 같지만 등산하는 사람에게는 불편한 존재다.
- ▸ 밝은 달빛은 길가는 나그네에겐 등불이지만 도둑님에겐 생계를 위협하는 해악이다.
- ▸ 공원에서 비둘기에게 모이를 주는 것이 노인에게는 자비의 실천이지만 공원을 청소하는 사람에겐 노동의 부담을 안겨 준다.
- ▸ 버려진 연탄재가 지금은 쓰레기지만 언젠가는 다시 우리 집 거실의 난로로 되돌아오게 된다.
- ▸ 소나무는 혼자서 독야청청 잘난 척하지만 똥 묻은 땅에 뿌리를 내리고 있다.
- ▸ 우리가 마시는 물(H2O)도 따져 보면 수소 2개와 산소 1개가 만나서 만들어졌다.
- ▸ 시멘트가 돌가루만 있는 것처럼 보이지만 그 속에는 황토가 들어있고, 우리가 먹는 김치도 젓갈과 마늘과 고춧가루가 들어가야 제맛을 낸다.

▸ 웅장한 기와집도 하나하나 풀어헤치면 다시 들판으로 돌아가고, 버려진 돌을 모아 쌓아 놓으면 탑이 되고 멋들어진 돌담이 된다.

▸ 큰 강물도 작은 샛강의 물이 모여 만들어졌고, 인간의 몸도 흙, 물, 불, 바람이 모여 생겼다가 죽으면 다시 제자리로 돌아간다.

▸ 몸에 병이 생기는 이유도 서로 연결된 신체의 장기 중 어느 특정 장기의 기능이 너무 강하거나 약해져서 생긴다.

▸ 살생은 죄악이지만 국제법은 명분 있는 전쟁을 인정하고 죄지은 사람을 단죄하는 사형제가 있는 나라도 있으니 무엇이 명분이고 무엇이 죄란 말인가?

▸ 어쩌다가 상식 밖의 엉뚱한 행동을 하는 사람을 가리켜 '저 사람은 기본이 안 된 사람이야' 하며 흉보곤 하지만 기본이라는 잣대도 우리가 만든 기준이니 무엇이 기본이고 무엇이 상식인가?

세상의 모든 이치가 이러하거늘 어느 것을 선이고 어느 것을 악이라 하겠는가?

학교에서는 다른 학생들보다 더 점수가 높아야 좋은 대학에 들어갈 수 있고 직장에서는 동료나 후배와의 경쟁에서 이겨야만 존재할 수 있다. 그렇지만 모처럼 주말에 산사를 찾는다면 그 시간만이라도 너는 너고 나는 나라는 생각, 나는 이런데 저 사람은 저렇다는 생각, 다른 사람들은 저렇고 나는 이렇다는 생각을 잠시 내려놓아 보자. 바람에 흔들리는 풍경소리가 다른 날보다 청아하게 들리고 작년에는 없었던 들꽃이 새삼 눈에 들어오고, 흙탕물에 뿌리를 내리고 있는 연꽃에서 은은한 향기를 맡게 될 것이다. 지난 번 왔을 때 보지 못했던 이끼에 생명이 있음을 발견하게 되고 길옆에 있는 작은 민들레꽃을 밟지 않으려고 한 발 한발 조심스럽게 발걸음을 옮기고 있는 자신을 발견하게 될지도 모른다. 잡고 있는 아내의 손이 오늘따라 그렇게 따뜻하게 느껴질 수가 없고, 학업 성적은 부진하지만 아픈 데 없이 잘 자라준 아들딸이 그렇게 고마울 수가 없음을 깨닫게 될 것이다.

듣기만 해도 가슴 뛰는 말

☀

복권당첨,
행운인가 재앙인가

인생역전의 보증수표라고 할 수 있는 '로또(Lotto)'는 이탈리아어로 '행운'을 뜻하는 말이라고 한다. 우리나라는 로또를 2002년부터 시작하여 오늘에 이르기까지 약 20년 가까운 역사가 있으며 사람들은 재미삼아 적게는 두 장에서부터 많게는 수십 장씩 습관처럼 구입하기도 한다.

오래전에는 무려 400억 원이 넘는 당첨금을 수령한 사람이 있어 세상을 놀라게 하고 많은 사람들에게 부러움의 대상이 되기도 했다.

며칠 전 인터넷 뉴스에서는 '1등에 당첨된 미수령 당첨금의 주인을 찾는다.'는 글이 올라왔다. 당첨금의 유효기간은 1년으로서 이후에는 국고로 환수되어 공익사업에 쓰이고 있으며, 1등에 당첨되고도 찾아가지 않는 당첨금액이 매년 수십 억에 이른다고 한다. 이런 소식을 들을 때마다 그저 부럽기만 하다.

보통 한 주에 발생하는 1등 당첨자는 평균 4~5명 정도라고 한다. 어림잡아 한 달이면 20명, 1년이면 240명이다. 로또복권 판매가 시작된 지 올해가 17년째이니 그동안 무려 4,000명 정도가 인생역전의 혜택을 받은 셈이다.

확률로 본다면 한번 도전해 볼만한 가치가 있는데 왜 내겐 그런 기회가 오지 않을까? 한번뿐인 인생 폼나게 살아보고 싶은데 4,000명 중에 왜 나는 포함되지 않았을까?

로또에 당첨된다고 해서 행복이 보장되는 것만은 아니다. 전 세계적으로 볼 때 복권에 당첨된 사람 중 70퍼센트는 복권에 당첨되기 전보다 상황이 더 나빠졌다고 한다. 팔자도 고치고 인생역전의 기회를 잡았음에도 왜 더 악화되었을까? 이유야 여러 가지가 있겠지만 대부분 큰돈에 대한 관리능력의 부족과 올바르게 사용하지 않기 때문에 오는 결과다.

사람에게는 각자 자신에게 맞는 그릇의 크기가 있다. 큰 그릇에는 많은 물을 담을 수 있지만 작은 그릇은 조금만 채워도 넘친다. 평소에 큰돈을 관리해본 경험이 없는 사람에게 있어 로또복권의 당첨은 마치 초등학생에게 1억 원의 큰돈을 맡긴 것과 다르지 않다. 평소 부모님한테서 만 원씩 받던 아이가 만약 1억 원의 용돈을 한꺼번에 받았다고 가정해보자. 아마 그 아이는 당장 휴대폰을 값비싼 아이폰으로 바꾸고 매일 친구들과 어울려 PC

방을 전전하며 집에서 밥을 먹기보다는 피자와 햄버거만 먹을 것이다. 돈이 많은 아이라는 소문을 듣고 불량학생들이 접근할 수도 있다.

어른들도 마찬가지다. 복권에 당첨되고 나면 대부분의 사람들은 자신이 타고 다니던 차를 버리고 값비싼 외제 승용차부터 구입한다. 고급 술집에 출입하기도 하고, 마약에 손을 대는 사람도 있고, 더 많은 돈을 벌고 싶은 욕심에서 투자를 했다가 사기를 당하여 파산하는 사람도 있다. 돈 문제로 부부가 이혼하는 바람에 가족이 뿔뿔이 흩어지기도 하고, 대부분을 유흥비로 흥청망청 쓰다가 머물 집조차 없어 노숙생활을 하다 결국은 극단적인 선택을 하는 경우도 있다.

인간은 누구에게나 평생 동안 세 번의 행운과 세 번의 불운이 온다고 한다. 복권당첨과 같은 큰 행운은 평생 동안 세 번에 걸쳐 조금씩 나누어 받을 행운을 한꺼번에 받게 되는 특별한 경우에 해당되므로 복권에 당첨된 사람에겐 앞으로 올 행운은 소멸되고 미래의 불운만 남게 되기 때문에 당첨되기 전보다 당첨 이후에 상황이 더 나빠지게 된다고 주장하는 사람도 있다. 하지만 그것은 어디까지나 개인적인 의견일 뿐 정확한 근거는 없다.

그러나 앞에서 명당을 차지하고 그 혜택을 누릴 수 있는 행운은 누구에게나 있는 것이 아니라 그에 걸맞은 인격과 그릇을 갖추고 남에게 많은 덕을 베푼 사람에게만 기회가 온다고 밝혔듯이 복권당첨과 같은 행운도 그와 크게 다르지 않다.

단식을 끝내고 나면 처음에는 소화하기 쉬운 미음이나 죽부터 먹다가 점차 음식의 종류와 양을 늘려야 한다. 배고팠다는 이유로 단번에 기름진 삼겹살을 배불리 먹고 술까지 마시면 반드시 탈이 나는 것과 같이 지나치게 욕심을 내면 더 큰 화를 초래하게 된다.

인생역전의 기회를 통해 세상을 향해 큰소리치며 소비와 향락을 경험하고 싶은 마음은 누구에게나 있다. 그런 생각이 사회로부터 지탄을 받아야할 만큼 잘못된 것도 아니고 큰 흠이 되는 것은 결코 아니다. 그러나 '호사다마(好事多魔)'라는 말이 있듯이 좋은 일이 생겼을수록 몸가짐을 조심하고 더 겸손해야 한다.

인생은 누려야 할 권리가 아니라 갚아야 할 부채라고 생각한다. 만약 복권에 당첨되는 행운을 얻었다면 혼자서 독점하지 말고 그동안 살면서 여러 사람에게 지은 크고 작은 부채를 갚을 기회를 준 선물이라 생각하고 다른 사람들과 골고루 나누어야 한다. 불우한 이웃을 위해 기부도 하고, 형편이 넉넉지 못한 학생들을 위해 장학금으로 사용하기도 하고, 형제자매들에게 다만 얼마씩이라도 골고루 나누어 주는 등 자신의 능력으로 관리할 수 있는 범위 안에서만 소유하고 나머지는 이웃과 나누거나 사회에 환원해야 한다. 그래야만 미래에 올 불행의 기운을 예방할 수 있고 하늘이 내게 준 영원한 행운의 주인공이 될 수 있다.

　　　　　　　　　　　듣기만 해도 가슴 뛰는 말

☀

특별한 경험

필자가 초등학교 다닐 때의 일이다. 나보다 네 살 아래인 동생은 알 수 없는 병을 얻어 밥도 못 먹고 며칠째 자리에 누워있어야 했다. 그러던 어느 날 아침밥을 먹는 자리에서 어머니께서 어젯밤에 있었던 꿈 얘기를 꺼내셨다. 머리에는 비녀를 단정하게 꽂고 흰색 치마저고리를 입은 어떤 할머니가 나타나 어머니를 향해 "내 가위 찾으러 왔다. 내 가위 내놔! 내 가위 돌려 줘!" 하시더란다.

순간 나는 대문에 머리를 크게 부딪쳤을 때처럼 눈앞이 캄캄하고 아찔했다. 하마터면 들고 있던 밥숟가락을 놓칠 뻔했다. 몹시 당황하는 태도와 하얗게 질린 내 얼굴을 보고 계시던 어머니께서 내게 물으셨다.

"왜 그래, 너는 혹시 뭔가 짚이는 거라도 있니?"

"안유. 읍슈."

나를 바라보는 어머니의 얼굴은 질책하거나 뭔가 확실한 대답을 얻으려는 표정은 분명 아니셨다. 다만 내가 너무 당황한 표정을 하니까 그냥 지나가는 말로 물어보시는 것 같아서 일단 모른다고 시치미를 뚝 떼긴 했지만 그것은 현재의 상황을 모면하려는 철모르는 어린 아이의 본능에서 한 거짓말이었다.

꿈 얘기를 꺼내셨던 어머니는 아무 일 없었던 것처럼 계속 밥을 드시고 계셨지만 꿈 얘기를 듣는 순간 내 머릿속에는 며칠 전에 있었던 기억이 번개처럼 떠올랐다. 어머니께 사실대로 말씀을 드려야 할지 아니면 못 들은 척 하고 그냥 넘어가야 할지 내 머릿속은 온통 걱정과 두려움으로 매우 혼란스러웠다. 한동안 아무 말도 하지 못하다가 밥을 거의 다 먹어갈 무렵 나는 어머니의 얼굴을 바라보며 조심스럽게 말을 꺼냈다.

"엄마! 사실은유…."

겨울 내내 수북한 눈으로 뒤덮였던 들판의 봄은 정월대보름을 전후 해서 꽁꽁 얼었던 논과 밭이 차츰 녹으면서 시작한다. 움츠렸던 겨울이 지나면서 또래 아이들이 가장 먼저 찾는 놀이는 바로 정월대보름 쥐불놀이다. 쥐불놀이를 위해서는 사전 준비가 필요하다. 낡은 고무신짝이나 버려진 비료포대, 잘 마른 나뭇가지는 쥐불놀이에 꼭 필요한 훌륭한 재료들이다. 뿐만 아니라 그런 것들은 나중에 동네에 엿장수가 오면 맛있는 가락엿이나 빨래비누 등과 서로 바꿀 수 있는 매우 가치 있는 고물이다. 물론 최고의 가치를 지닌 것은 역시 사이다병이나 콜라병 같은 유리병이다. 유리병은 주둥이가 반쯤 떨어져 나간 것도 교환이 가능했다. 그래서 이맘때가 되면 아이들은 너나 할 것 없이 논두렁과 물이 바짝 마른 도랑 등을 돌아다니며 고물 줍기에 나선다.

며칠 전 평소와 다름없이 집에서 그리 멀지 않은 도랑을 혼자서 이리저리 뒤지고 다녔다. 쥐불놀이에 필요한 재료와 고물들을 줍기 위해서다. 그러던 중 우연히 집에서 흔히 볼 수 있는 가위 하나를 발견했다. 겨울 내내 눈 속에 묻혀있었기에 약간 녹이 슬기는 했지만 사용한 지 얼마 되지 않은 비교적 깨끗한 가위였다. '이 정도라면 나중에 엿장수가 오면 가락엿과 바꿀 수 있겠구나.' 하는 생각에 얼른 챙겨서 집으로 가지고 들어와 고물들을 모아놓은 마루 밑에 놓아두었다. 그러고는 그 사실을 까맣게 잊고 있다가 어머니께서 꿈 얘기를 하시는 바람에 갑자기 기억이 났던 것이다.

내 얘기를 다 들으신 어머니는 한동안 아무 말 없이 생각에 잠기시더니 아랫목에 누워있는 동생의 얼굴을 걱정스런 눈으로 바라보셨다. 어머니는 밥을 다 드시지도 않고 갑자기 일어나 나를 쳐다보셨다. 아마 나를 야단치려는 모양이다. 나는 '괜히 말씀

드렸나?' 하고 금방 후회했지만 어머니는 옷에 손을 한번 탁탁 털고는 서둘러 부엌으로 나가시면서 말씀하셨다.

"됐다. 너는 나오지 말고 그냥 밥이나 먹어라!"

한동안 내가 잘했는지 잘못했는지, 무엇이 문제인지 분간할 수 없는 상태에서 멍하니 밥상만 쳐다볼 수밖에 없었다.

부엌으로 나가신 어머니는 장독대가 있는 뒷문과 마루를 이리저리 바쁘게 움직이면서 뭔가를 준비하시는 것 같았다. 어머니께서 무엇을 준비하고 계신지 궁금하기도 하고 밥상도 치울 겸해서 밥상을 들고 어머니가 계신 부엌으로 들어갔다.

어머니는 석유곤로에 된장국을 끓이고 계셨고, 바로 옆에는 몇 개의 복숭아 나뭇가지와 두세 주먹 정도의 지푸라기가 놓여 있었으며, 그 지푸라기 안에는 내가 며칠 전 도랑에서 주워온 가위가 들어있었다. 나는 어머니께서 준비하고 계신 것들이 무엇인지 궁금해서 여쭈어보았다.

"엄마! 지금 뭐하고 계셔유?"

어머니께서는 된장 뚝배기에 숟가락을 넣고 된장이 잘 풀리도록 이리저리 저으시면서 내 얼굴을 한번 힐끔 보시더니 이렇게 말씀하셨다.

"응, 동티났어. 네가 주워온 가위는 부정 탄 가위야. 그래서 지금 네 동생이 저렇게 많이 아프게 된 거고, 이 가위를 꿈속에 나타났던 할머니께 빨리 되돌려 드려야 해."

"꿈속에 나타난 할머니는 어떤 사람이래유? 잘못은 내가 했는데 왜 동생을 아프게 했대유? 아프면 허락 없이 가위를 가져온 내가 아파야 맞는 거 아닌가유?"

"물론 이치적으로 따지면 네 말이 맞지만 세상일이라는 게 우리가 생각하는 것과는 다른 점이 많단다. 하지만 분명한 것은 네가 주워온 가위가 꿈속에 나타난 할머니 것임에는 틀림없는 것 같다."

"엄마, 동티가 뭐래유?"

"응, 나도 잘 모르겠지만 옛날부터 그런 게 있단다."

궁금한 것이 한두 개가 아니었지만 머리가 혼란스러워 무엇부터 여쭤봐야 할지 몰라 망설이고 있을 때 어머니께서 말씀을 이어가셨다.

"남의 물건에 욕심을 내거나 주인이 없다는 이유로 함부로 집에 가지고 들어오면 탈이 날 수도 있으니 조심해야 한단다."

어머니의 말씀을 다 듣고서야 비로소 내가 며칠 전 도랑에서 주워온 가위가 이미 누군가 액운을 쫓아내기 위한 행위의 도구로 사용한 뒤 그곳에 버린 것이고, 그것을 내가 집으로 가져옴으로써 부정 타서 동생이 아프게 되었다는 사실을 알게 되었다.

잠시 후 어머니는 된장국과 복숭아 나뭇가지와 가위가 들어있는 지푸라기를 챙겨서 원래 가위가 놓여 있었던 도랑으로 나가셨다. 어머니께서 무엇을 어떻게 하시려는지 궁금하기도 하고 한편으로는 동생을 아프게 한 자책감에 죄를 용서받고 잘못을 반성하는 차원에서라도 무슨 역할이라도 해야만 할 것 같다는 생각에서 어머니를 따라나서려 하자 어머니께서는 "너는 따라오지 말고 집에서 기다리고 있어라." 하셨다.

그래서 어머니께서 그 된장국과 가위가 든 지푸라기로 무엇을 어떻게 하셨는지 지금까지도 정확하게 알 수는 없다. 다만 짐작하건대 복숭아 나뭇가지와 가위가 들어있는 지푸라기를 불로 태우고 된장국을 그곳 주변에 뿌리면서 "할머니 죄송합니다. 신령님 잘못했습니다. 어린 아이가 뭘 알겠습니까? 이제 가위를 돌려드리니 서운한 마음 푸시고 우리 막내아들 병이 빨리 낫게 도와주십시오." 하시면서 하늘과 땅을 향해 연신 양손을 비비면서 용서를 구하셨을 것이다.

나는 동네에서 굿을 할 때 무속인이 복숭아 나뭇가지로 아픈 사람을 툭툭 때리기도 하고, 환자 주변을 빙빙 돌면서 팥을 뿌리는 모습을 여러 번 보았다. 또 아주 어릴 때는 음식을 잘못 먹어 몸이 가려운 증상과 두드러기가 생기면 할머니께서 복숭아 나뭇가지로 맨몸인 나를 아프지 않을 만큼 때리시면서 혼잣말로 알아들을 수 없는, 마치 주문 같은 것을 외우셨던 기억이 있는데 아마 어머니께서도 그와 비슷한 처방을 하셨을 거라 짐작한다.

그런데 저녁 무렵 정말 믿을 수 없는 기적 같은 일이 일어났다. 며칠 동안 아파서 밥도 못 먹고 누웠던 동생이 훌훌 털고 일

듣기만 해도 가슴 뛰는 말

어난 것이다. 동생은 아무 일 없었던 것처럼 일어나 어머니가 끓여주신 라면 한 그릇을 거뜬하게 비웠다.

'아! 세상에 이런 일도 있구나.'

의학적 논리로 판단한다면 동생이 병을 얻거나 나은 게 어쩌면 우연의 일치일 수도 있고, 병이 나을 때가 되어서 저절로 나은 건지도 모른다. 그러나 어머니 꿈속에 나타난 할머니, 그리고 그 할머니께서 찾는 가위 등, 내가 겪은 모든 상황들을 다 우연으로만 보기에는 뭔가 쉽게 납득할 수 없는 부분이 있다.

세상에는 과학적으로 설명할 수 없는, 눈에 보이지도 손에 잡히지도 않는, 우리 인간의 논리와 상식으로는 도저히 접근할 수 없는 신의 세계가 존재하는 것은 분명한 것 같았다.

그동안 조상님께 제사를 지내거나, 아픈 사람을 위해 굿을 하거나, 집을 지을 때 고사를 지내는 것을 자주 보면서 자랐지만 그런 행위가 신의 존재를 인정하고 신에 대한 경외의 표현이라기보다는 그냥 오래전부터 전해 내려오는 마을의 전통이며 단순한 관습이라고만 생각해왔었다.

그러나 필자가 직접 경험한 가위 사건은 신의 존재에 대한 최초의 현실적 인식이며, 아직도 풀리지 않는 영원한 미스터리(Mystery)로 남아있다.

☀

고독,
열등감이라는 것

필자는 젊은 한때 몸부림치도록 고독했고 누구에게도 말하고 싶지 않을 만큼 처절한 열등감을 경험한 적이 있다.

1980년 철도고등학교를 졸업하고 철도청 공무원으로 사회 첫 발을 내딛은 곳은 제천역이다. 제천역은 중앙선, 태백선, 충북선을 연결하는 철도교통의 중심지로서 하루 150회가 넘는 여객열차와 화물열차가 운행되는 큰 역이었다. 충청남도 당진이 고향인 내게 제천은 일가친척 하나 없는, 그야말로 사고무친(四顧無親)의 낯선 곳이었으며, 아는 사람이라고는 나보다 먼저 학교를 졸업하고 이미 직장생활을 하고 있던 고등학교 선배들뿐이었다.

하루 종일 밤늦은 시간까지 밖에서 활동하다가 집에 도착할 무렵 멀리서 불 꺼진 자취방이 보이기 시작하면 외로움과 고독감이

듣기만 해도 가슴 뛰는 말

엄습해왔다. 그래서 집에 도착하는 시간을 늦추려 속도를 줄이고자 낡은 자전거의 페달을 잠시 멈추기도 했다. 귀중품이라고는 중고카메라가 전부였던 잠긴 방문을 열고자 문 앞에 서 있노라면 걷잡을 수 없는 쓸쓸함과 비참함이 밀려왔다.

'고독은 우리를 취하게 하는 술과 같기도 하고, 쓰디쓴 강장제가 되기도 하고, 머리를 벽에 부딪치게 하는 독약이 되기도 한다.'는 말이 있듯이 고독은 내게 견딜 수 없는 시련이며 피할 수 있으면 피하고 싶은 혐오의 대상이기도 했다.

차라리 아름다운 시를 쓰는 시인이었다면 사람들의 심금을 저격하는 멋진 노랫말을 쓰거나, 글을 쓰는 작가였다면 고독을 주제로 독자들로부터 공감할 수 있는 한 편의 수필이라도 썼겠지만, 이제 겨우 20세의 청년은 그럴 만한 자격도 능력도 없는, 마치 방황하는 집시와도 같은 처지였기에 혼자서 고스란히 감당해내야만 했다.

'시간과 인내는 뽕잎을 비단으로 바꾼다.'고 했던가? 시간이 지나면서 외로움에 익숙해진 나는 어느새 고독예찬론자가 되어 있었다. 그래서 사람들에게 "고독은 그 누구도 모방할 수 없는 독보적인 존재감이며, 겁쟁이를 천재로 만들고, 의식이 가난한 자를 철학자로 만들며, 패배주의자를 영웅으로 만들고, 삶을 강하게 하는 에너지의 원천이며, 부정을 긍정으로 바꿔주는 마술 같은 것이다. 종교 또한 인간의 나약함과 두려움에서부터 비롯된 것이 아니라 고독이라는 신앙으로부터 태동한 사랑할 만한 메커니즘이다."라고 주장했다.

인생과 철학을 논하는 자리에서는 예외 없이 고독을 극찬하게 됨으로써 주변 사람들로부터 신씨 성을 가진 고독의 달인이라는 뜻으로 '신고독'이라는 기분 좋은 별명을 얻기도 했다.

그러나 내 마음을 보이지 않는 곳에 꼭꼭 숨겨 놓거나 어디론가 멀리 달아나고 싶게 만든 것은 고독이 아니라 심한 좌절감과 열등감이었다. 만약 세상에 지하세계의 신 '하데스'가 가지고 있는 망각의 의자와 투명인간으로 만들어주는 마술 같은 모자가 실제 존재하고 있었다면 어쩌면 나는 그 무지개를 찾고자 끊임없는 유람의 길을 택했을지도 모른다.

그토록 나를 처절하게 짓누르고 있었던 열등감은 대학에 진학하여 더 많은 공부를 할 수 있는 기회를 갖지 못하고, 스무 살의 나이에 직장생활을 해야만 했던 현실과 처지를 비관하면서 비롯되었다.

그러나 솔직히 말해, 대학교에 진학해서 더 많은 공부를 하고 전문적인 지식을 습득하여 졸업 후 월급 많이 받는 대기업에 근무하고 싶은 고차원적 욕망에서라기보다는 대학생임을 상징하는 학교배지, 손에 들고 다니는 대학서적, 넓은 잔디밭에 동상이 서 있는 아름다운 캠퍼스, 봄가을로 열리는 교내축제, 당시 크게 유행했던 패션의 메카(Mecca) 주병진헤어스타일, 동기들과 함께 어울려 경춘선 기차 타고 떠나는 MT(Membership Training) 등 오직 대학생들만이 누릴 수 있는 혜택과 차별화된 낭만에 대한 동경과 부러움이 더 크게 작용했다.

니체는 '자라투스트라는 이렇게 말했다'는 저서를 통해서 "인간은 극복되어야 할 그 무엇이며, 극복하려는 자 그가 바로 자신이다."라고 했다. 고독과 열등감에 괴로워하던 내게 니체의 말 한마디는 어둠을 환하게 비추는 한 줄기의 빛이었고 인생을 변화시키는 강력한 모티브로 작용하였다.

외로움과 고독으로부터의 극복, 열등감으로부터의 극복, 늦잠 자고 싶은 나태함으로부터의 극복, 반복되는 단조로운 생활에서의 극복, 성적 욕구로부터의 극복, 인생은 불행한 것이며 체념의 연속이라는 허무주의에 대한 극복, 생로병사로부터의 극복 등 모든 것이 내겐 극복의 대상이었다. 그것들로부터 완벽하게 극복하기 위해 선택한 수단과 방법의 첫걸음은 책 읽는 것이었다. 만약 한 달에 4권의 책을 읽는다면 1년이면 50권이고, 10년이면 500권이고, 30년 후에는 사방의 벽을 모두 내가 읽은 책으로 가득 채울 수 있을 것이라는 가슴 벅찬 계산을 하면서 종교, 역학, 철학, 교육, 사회, 심리학, 인성개발 등 여러 분야의 책들을 닥치는 대로 읽어갔다.

미친 존재감의 대명사 천재 철학자 니체, 리비도(Libido)에 집착하는 프로이트, 염세주의로 불리며 동양과 서양철학을 넘나

드는 최고의 지성인 쇼펜하우어, 사색과 평론의 달인 버틀란트 러셀 등 당대의 사상을 주도하는 철학자들의 저서를 탐독했다.

특히 헤르만 헤세는 정신적, 육체적으로 내게 가장 많은 영향을 미친 위대한 작가이며 스승이었다. 수도원에서의 절제된 생활과 강도 높은 지적훈련, 낭만적이면서도 철저한 금욕주의, 이상과 현실에서 갈등하는 신비주의적 성향, 탁월한 분석과 예리한 철학적 사고 등 그의 작품 속에 등장하는 주인공은 모두 헤르만 헤세가 꿈꾸는 자신이었고, 소설을 통해 뭔가 해결하고 극복하고자 고뇌하는 헤르만 헤세는 곧 나이며, 내 모습을 비추는 거울이라고 생각했다.

현대과학과 유물론적 가치관이 지배적이었던 서구문명에 실증을 느끼고 있던 헤세는 어느 날 인도를 여행하면서 우연히 불교와 동양철학을 접하게 되면서부터 정신적 세계에 깊은 관심을 갖게 되는데, 필자 또한 그가 남긴 여러 소설과 인도여행기를 읽게 되면서부터 불교와 인연을 맺게 되는 결정적 계기가 되기도 했다. 지식과 배움에 심한 갈증을 느끼고 있던 내게 헤르만 헤세와의 만남은 큰 행운이었으며 나의 존재를 일깨워 주는 희망이며 또한 외면과 내면 모두를 그대로 닮고 싶은 롤 모델이기도 했다.

극복의 끝은 고독과 열등감이 전부가 아니었다. 독서는 열등감으로부터 벗어나게 하는 데 많은 도움을 주었지만, 그것만으로 지적 욕구에 대한 허기와 갈증을 풀어주기에는 턱없이 부족했다.

잠자리에 들기 전 방안에 촛불을 켜놓은 뒤 촛불을 등지고 앉아 벽에 비추는 그림자를 보며 '저 그림자가 나인가? 그림자를 보고 있는 내가 진정한 나인가? 나는 어디서 왔으며 또 어디로 가는가?' 하는 형이상학적 물음에 답을 얻고자 깊은 명상에 들기도 했다.

고수들만이 가능한 득음(得音)의 경지를 경험해보겠다는 가당치 않은 목표를 가지고 깊은 계곡 폭포 아래서 목에서 피 냄새가 나도록 하루 종일 발성연습을 한 적도 여러 번 있다.

눈으로 직접 보지 않고도 마음으로 볼 수 있는 지혜의 눈을 뜨고자 텐트를 짊어지고 사람의 발길이 닿지 않고, 새들조차도 고요함에 겁을 먹고 멀리 달아난 깊은 산속에 들어가기도 했다. 참나무 아래 가부좌를 틀고 앉아서 나뭇잎이 가지에서 '똑' 하며 떨어지는 소리와, 떨어진 그 낙엽이 땅에 닿는 소리를 마음으로 듣기 전까지는 절대 산에서 내려가지 않겠다는 목표를 가지고 며칠 동안 계곡물과 산나물만 캐먹으며 수행한 적도 많다.

지도 한 장 달랑 들고 대중교통을 이용하여 백 개가 넘는 전국의 유명사찰을 순례하기도 했고, 혼자서 자전거를 타고 제천에서 인천, 서울역에서 부산역, 동해역에서 포항과 울산을 거쳐 부산역까지 여행하기도 했다.

요즘은 강과 하천을 따라 자전거 전용도로가 생겨 경치도 좋고 극심한 오르막길이 없어 여행하기에 비교적 좋은 환경이다. 하지만 80년대 초에는 오직 국도와 구불구불한 지방도로만을 이용해야 했고, 자전거에 기어변속기조차 없어 높은 고개를 넘을 때는 무릎이 아파 진통제에 의존하지 않으면 안될 만큼 조건이 안 좋았다.

내가 선택한 모든 체험과 경험들은 어떤 특별한 목표를 이루기 위해서거나 고차원적 이벤트를 즐기려는 모험심 때문이 아니었다. 몸에 좋지 않다는 이유로 술도 안 마시고 다방에 가서도 커피 대신 요구르트를 마실 만큼 보수적이고 소심했던 내게 그런 위험하고 사치스런 모험은 잘 어울리지도 않는다.

다만 모든 것은 오직 고독과 열등감을 극복하려는 혼자만의 처절한 몸부림이었으며, 나 스스로 만들고 그 함정의 굴레와 현실적 억압에서 벗어나고 싶은 계획된 도피 방법일 뿐이었다.

필자는 아무리 높고 깊은 산이라도, 아무리 멀고 험한 고난의 여행길이라도 늘 혼자 다녔다. 산에 오르다 보면 정상까지 올라가지 않고 중간에 머물다 되돌아가는 사람들을 보기도 하고, 등산보다는 먹고 마시는 즐거움에 목적을 두고 산을 찾아는 이들을 보기도 했다. 처음부터 아예 돗자리를 깔고 여러 명이 둘러앉아 준비해온 음식을 먹고 술을 마시며 흥겨운 놀이판을 벌이는 사람들을 많이 보았다. 그런 사람들을 볼 때마다 나는 속으

듣기만 해도 가슴 뛰는 말

로 '저 사람들은 산에 놀러왔나? 하긴 무지의 중생들이 자연의 이치와 산에 대해 뭘 알겠어, 저런 사람들은 산에 올 자격도 없는 사람들이야.' 하며 나 혼자 잘나고 고고한 척 그들을 향해 조롱과 비웃음 보내기 일쑤였다.

또 젊은 남녀가 다정하게 손잡고 걷는 모습을 보면 '할 일도 참 없는가 보다 연애하러 산에 왔나? 사랑이라는 감정도 시간이 지나면 퇴색하는 허망한 것이며, 연애는 시간을 가치 있게 활용할 줄 모르는 사람들이 선택한 유치한 장난에 불과한 것이다.'라고 생각하며 조소와 경멸의 눈초리를 보내고 가급적 그들로부터 멀리 떨어지기 위해 발걸음을 재촉한 경우도 많았다.

그러던 어느 날, 촛불을 등지고 벽을 바라보며 명상에 들었다가 그날따라 심하게 굴절되어 비치는 그림자를 보면서 비로소 깨달았다. 저 그림자의 주인은 진정한 자아를 찾으려는 수행자도 아니고, 절대불변의 진리를 찾기 위해 고뇌하는 철학자도 아니고, 낭만주의적 신비주의 헤르만 헤세를 닮고 싶어 하는 지혜로운 방랑자도 아닌, 오직 고독과 열등감으로부터 벗어나기 위해 자학하며 머리에서 발끝까지 편견과 아집으로 가득 차있는 오만한 망상가에 불과했다는 사실을 말이다.

산에 오르다가 다리가 아프고 힘들면 중간에 내려올 수도 있고, 학교 동창들이나 계모임 회원들이 함께 어울려 물 맑고 경치 좋은 곳에서 술 마시고 노래할 수도 있고, 좋아하는 이성과 추억을 만들기 위해 산을 찾는 것은 얼마든지 있을 수 있는 일이다. 그런데 나는 '나는 이렇고, 내 생각은 이런데, 왜 저 사람들은 나보다 못하지?' 하는 그릇된 아집과 집착에서 오는 오만과 편견, 즉 4상(我相, 人相, 衆生相, 壽者相)에 이미 푹 빠져있었기 때문에 다양성과 가치의 기준을 인정하지 않고 사실을 왜곡하며 그들을 경멸했던 것이다.

고독과 열등의식은 원래부터 존재하거나 실체가 있는 것도 아니고 누가 내게 고독하라고 강요하거나 조건을 만들어준 것도 아니다. 다만 나 스스로 '나는 고독하고 열등하다. 나를 끊임없이 괴롭히고 방황하게 만들고 있으며, 그것들로부터 벗어나지 않으면 안 된다. 그것이 내 의무이고 보람이며 인생의 가치다.'라고 생각하면서 의도적으로 고행과 자학의 길을 선택한 것이다. 이는 일종의 위선과 허영심이었다.

일체의 행위가 나 스스로 만든 덫이며 보잘 것 없는 오만에서 비롯된 모순이었음을 깨닫고부터 고독과 열등감에서 벗어날 수 있었다. 또한 현실로부터 극복하고자 그토록 오랜 세월 몸부림쳤던 모든 고행과 특별한 수행은 한밤중에 꾸었던 화려한 꿈이며 지나간 추억이라 생각하고 기억 속에 묻어둔 채 조금의 미련도 남겨두지 않고 즉시 중단하였다.

이제는 높은 산 깊은 계곡이 아닌 국립공원 입구에 마련된 평상에 앉아 산채비빔밥에 막걸리 한 잔 마시는 것도 즐겁고, 아내의 손을 잡고 시원한 편백나무 숲을 거니는 것도 행복하다. 나무 밑에 앉아 모기에 물려가며 명상하는 대신 곡성기차마을에 가서 아이들과 레일바이크를 타는 것도 보람 있고, 폭포 아래서 목에 핏줄 세우며 발성연습 하는 것보다 동네 노래방에 가서 전통가요 한두 곡 부르는 것이 훨씬 더 유쾌하다. 지금은 혼자서 자전거를 타고 힘들게 도전하는 것보다 자동차를 이용하여 전국의 맛집을 찾아 여행하는 것이 더 편하고, 깨알 같은 글씨의 깊고 난해한 철학서적을 읽는 것보다 가벼운 소설이나 얇은 간행물을 보는 것이 더 내킨다.

8장

팔도
여행기

☀

특별한 여행

어느 여름날 4박5일 일정으로 오대산에 갔다가 길을 잃고 무려 8시간 동안 이리저리 산을 헤매는 악몽 같은 경험을 했다.

늘 그랬듯이 그날도 혼자서 텐트를 준비하여 사람의 발길이 닿지 않는 깊은 산속에 들어가 며칠 동안 야영하면서 명상하기 좋은 위치에 자리를 잡았다. 그러나 예상하지 못한 강한 소낙비를 만나 계곡의 물이 점점 차오르고 더 이상의 야영은 불가능하다고 판단되어 서둘러서 짐을 꾸렸다. 날이 어두워지기 전에 그곳을 벗어나기 위해 왔던 길을 찾아 나서야만 했다.

혼자만의 산행에 익숙했던 나는 수행을 목적으로 깊은 계곡에 들어올 때는 뒤돌아 나갈 때를 염두에 두고 항상 의도적으로 주변의 잡풀을 발로 지근지근 밟아 길을 만들어 놓았다. 또 일정한 간격으로 작은 나뭇가지를 꺾어 방향을 표시해두는 습관을 가지고 있었다. 하지만 그날은 강한 소낙비로 인해 밟아놓았던 풀들이 모두 고개를 치켜들고 있어서 어느 길이 내가 만든 길인지 도대체 분간할 수 없는 상황에 직면하고 말았다.

처음 당하는 일이라 목표와 방향도 잃어버리고 무엇부터 해야 할지 순서마저도 생각나지 않을 만큼 당황스러웠다. 일단 계곡으로부터 멀리 벗어나 높은 능선까지 올라가는 것이 최선이라는 생각이 들어 울창한 잡목들을 헤치며 무조건 산위로 올라갔다. 한참 동안 산을 헤매는 바람에 많은 시간이 흘렀고 긴 여름의 백야(白夜)조차도 순식간에 어둠속으로 모습을 감춰버렸다.

더 이상의 산행이 불가능하다고 판단한 나는 날이 밝을 때까지 비를 피할 수 있는 장소를 찾아야 했다. 다행히 가까운 곳에서 동굴처럼 생긴 큰 바위를 발견하였다. 혹시 나처럼 비를 피해 바위 밑으로 숨어들어온 뱀이 있을지도 모른다는 생각에 뱀이 달아나도록 주변에 돌을 몇 개 던지기도 하고 나뭇가지로 바위를 세게 두드려 일부러 인기척을 내기도 했다.

하루 밤 묵을 생각으로 피로에 지친 몸을 잠시 쉬고자 바위 밑에 대충 야영준비를 한 뒤 자리에 누었다. 하지만 점점 더 강해지는 빗소리가 마치 놀란 산짐승들이 이리저리 뛰어다니는 소리처럼 들려 좀처럼 잠을 이룰 수가 없었다. 게다가 오대산은 예로부터 곰이 많이 출연하는 산이라는 말이 생각나면서 갑자기 큰 곰이 나타나 텐트를 향해 달려들 것만 같은 착각과 두려움이

엄습하여 더 이상 머물 수가 없었다. 잔뜩 겁에 질린 나는 한 시간도 채 안 돼서 대충 텐트를 정리하고 비에 젖은 담요는 그 자리에 버려둔 채 허겁지겁 다시 산을 오르기 시작했다.

그러나 이미 등산로를 멀리 벗어나 있어서 길을 찾기란 거의 불가능했다. 도대체 어느 쪽이 북쪽이고 남쪽인지조차도 분간할 수 없는 암흑 같은 상황이었다.

그동안 산에 오른 경험이 많았기 때문에 길을 잃었을 때에는 무조건 산 아래로 내려가면 된다는 것을 알고 있었다. 그래서 정상을 등지고 잡목이 우거진 숲을 헤치고 비로 인해 가슴 높이까지 물이 차오른 계곡을 건너 하염없이 산을 내려갔다. 어깨에 짊어진 배낭은 비에 젖어 그 무게가 두 배 이상 늘어났고 수풀을 헤집고 다니느라 이곳저곳 할퀴고 찢긴 상처에 빗물이 들어가 쓰릴 만도 했지만 전혀 그런 고통은 느끼지 못했다. 손전등에 비치는 큰 소나무는 마치 무섭게 내려다보는 장승과도 같았고 누군가 내 뒤를 자꾸만 따라오는 것 같은 착각이 들어 여러 번 뒤를 돌아보곤 했다.

그러나 다행히 오대산은 설악산과 달리 가파른 계곡이나 높은 벼랑이 많지 않은 곳이어서 큰 위험에 닥치거나 낭떠러지의 막다른 절벽을 만나 왔던 길을 다시 되돌아가야 하는 최악의 상황은 아니었다.

'피할 수 없으면 즐겨라.'라고 했던가? 모든 것은 정해진 운명이라 생각하고 체념에 가까운 상태에 이르자 오히려 마음이 더 편해지고 어둠의 공포로부터 점차 벗어나는 기이한 현상을 경험을 했다. 특히 빗소리 때문인지 산울림 때문인지 모르지만 아주 먼 곳으로부터 마치 여러 명의 국악인들이 장구와 북을 치며 흥겹게 민요를 부르는 것 같은 노랫소리가 아득하게 들려왔다. 근처에 굿당이 있는 것도 아니고 깊은 밤 산속에서 회갑잔치를 할 리도 만무한데 근원을 알 수 없는 노랫소리는 잠시의 쉼도 없이 이어졌고 절망적인 상황에서 이것저것 생각할 겨를도 없이 저 노랫소리를 따라가면 어쩌면 살 수도 있을 거라는 희망을 가지고 소리가 들리는 방향을 향해 무조건 발걸음을 재촉했다.

얼마쯤 헤매고 다녔을까? 갑자기 수풀 사이로 비석도 없는 오래된 무덤 하나가 나타났다. 칠흑 같이 어두운 밤 깊은 산속에서 만난 무덤이 그렇게 반가울 수가 없었다. 무덤이 있다는 것은 멀지 않은 곳에 마을이 있다는 증거였기 때문이다. 한없는 고마움에 큰 절이라도 올리고 싶은 생각이 들었지만 아직은 그런 여유를 부릴 처지가 아니었기에 잰 걸음으로 무덤 주변을 살펴보았다. 그랬더니 예상대로 사람들이 다닌 흔적이 있었고, 곧이어 한 사람이 족히 걸을 수 있을 정도의 비교적 넓은 오솔길을 만나게 되었다.

오솔길을 따라 뛰다시피하여 한참을 내려오자 이번에는 가족묘인 듯 질서정연하게 제 모습을 갖춘 여러 기의 무덤이 눈에 들어왔다. 순간 '아 이제 살았구나.' 하는 안도의 한숨과 탄성이 절로 나왔다.

공동묘지가 무섭고 공포의 대상이라는 생각은 극히 평온할 때나 할 수 있다. 길을 잃고 몇 시간을 헤매면서 죽음의 문턱을 경험한 사람에게는 짙은 안개와 비구름 사이로 스치듯 보이는 주검의 상징도 마치 방향을 제시하는 이정표처럼 보였다. 기쁜 마음에 무엇에 홀린 듯 오솔길을 뛰어 내려오자 울타리조차 없는 낡은 집 한 채가 눈앞에 나타났다. 이미 자정이 훨씬 지난 탓에 불빛은 보이지 않았지만 신발이 놓여있었고 벽에 삼태기가 걸려 있는 것으로 보아 분명 사람이 살고 있는 집 같았다. 이런 외딴 곳에 사찰도 아니고 사람이 살고 있다는 게 신기했다.

"실례합니다. 안에 계십니까? 아무도 안 계세요?" 여러 번 되풀이하자 곧 방안에 불이 켜지고 창호지에 한 사람의 그림자가 비쳤다. 그러고 보니 아직 전기가 들어오지 않아 등잔불에 의존하는 것 같았는데 겁을 먹은 듯 한 손으로 문고리를 잡고 앉은 채로 방문을 조금 열고 얼굴을 반쯤 내민 여인의 모습이 눈에 들어왔다.

"저 죄송합니다. 산에 왔다가 길을 잃어서 여기까지 오게 되었는데 하룻밤만 신세질 수 있을까요? 방이 아니더라도 헛간이나 부엌도 좋습니다."

"사정은 딱하지만 애기 아빠가 진부에 시장 보러 가고 없어서 안 되겠네요. 여기서 30분 정도 내려가면 마을도 있고 구멍가게도 있으니 거기 가서 부탁해 보세요."

"예, 고맙습니다."

아주 짧은 시간이었지만 엄마 품을 벗어난 갓난아기가 잠에서 깨어났는지 울음소리가 들렸고 여인은 잠시 머뭇머뭇하다가 방문을 닫아버렸다. 아이를 달래는 여인의 자장가 소리를 뒤로 한 채 일러준 대로 마을을 향해 걷고 있을 때는 비가 모두 그친 상태였다. 그때서야 비로소 마음에 여유가 생겨 시계를 보니 새벽 두 시가 조금 넘은 시간이었다.

여인의 말대로 30분가량 걸어 내려가자 곧 집이 10여 채 남짓한 마을을 발견할 수 있었다. 가게라고 할 만한 간판도 없이 유리창에 흰색 페인트로 라면, 비누, 성냥, 고무줄, 담배 등이 적혀있는 구멍가게가 눈에 들어왔다. 갑작스런 불청객에 의해 가게 주인과 가족들 모두 잠에서 깨어났고, 전후사정을 다 듣고 난 주인은 내게 하룻밤 묵을 것을 허락했다.

가게 가족 중에는 전혀 산골 총각이라는 생각이 들지 않을 만큼 말끔하고 잘생긴 청년 한 사람이 있었는데 나보다 서너 살 더 많아 보였다. 그는 1970년대 가장 유명했던 세계적인 팝가수 '리프 가렛'처럼 긴 파마머리를 하고 있었는데 원래 집은 강릉이지만 몸이 아파서 잠시 휴양 차 외삼촌댁에 와있는 중이라고 했다. 흠뻑 젖은 배낭을 풀어 대충 정리하고 그 청년과 함께 한 방에서 한 채의 이불을 같이 덮고 곧 꿀맛 같은 깊은 잠에 빠져들었다.

다음날 눈을 떴을 때는 이미 해가 중천에 떠 있었고 언제 비가 왔었냐는 듯 구름 한 점 보이지 않는 맑은 여름 하늘을 자랑하고 있었다.

주섬주섬 짐을 챙겨 주인에게 고맙다는 인사를 하고 가게를 나서려 하자 주인은 내게 "잠을 잤으면 숙박비는 내고 가야지요." 했다. 적지 않게 당황한 나는 "아~ 그렇군요. 얼마인가요?" 하고 물었다. "보아하니 학생 같은데 이천 원만 내세요." 한다.

이런 산속 마을에서 하룻밤 재워준 대가로 숙박료를 받는다는 것이 조금은 실망스러웠지만 아마 산에 왔다가 나처럼 길을 잃고 여기까지 오게 되어 하룻밤 신세 지고 가는 등산객들이 그동안 여럿 있었나 보다고 생각하면서 진부로 향하는 시외버스에 몸을 맡겼다. 예상치 못했던 폭우를 만나는 바람에 당초 계획했던 모든 여행일정을 중단하는 결과를 가져왔지만 필자에게는 아주 특별한 경험이었다.

☀

강원도 두메산골
나한정역

영동선 나한정역은 행정구역상 강원도 삼척군 도계읍에 위치하고 있다. 옛날에 나한불상을 모셔놓은 사찰이 있어서 나한정이라는 마을이름이 붙여졌다고 전해진다. 이곳은 필자에게는 오랫동안 기억에 남을 아주 특별한 역이다.

1980년 철도청(현 코레일) 9급 공무원으로 시작하여 12년 뒤인 1992년 중간간부로서의 첫 승진발령을 받은 소속이기도 하고 6개월 남짓한 아주 짧은 근무기간 동안 가장 많은 추억을 경험한 곳이다.

나한정역을 중심으로 위쪽으로는 심포리역과 아래쪽으로는 도계역이 있지만 산이 너무 높아 열차가 직선으로 운행할 수 없는 조건이어서 중간에 흥전역이라는 신호장을 만들어 놓고 갈지자(之) 형태로 운행하고 있는 아주 독특한 구조의 역이었다.

지금은 새로 터널이 개통되고 선로가 변경되어 몇 년 전에 폐쇄됐지만 당시에는 '스위치백'이라고 불리며 일반인들에게 널리 알려져 있었다. 만약 산 정상에 있는 인접 역인 심포리역에서 열차를 놓쳤을 경우 지름길을 이용하여 산 아래쪽에 위치한 나한정역까지 서둘러 걸어 내려오면 놓친 열차를 탈 수 있었던, 역사와 전설이 듬뿍 들어있는 철도박물관 같은 역이기도 하다.

기관차 한 대로는 운행이 불가능할 만큼 경사가 너무 심해 항상 기관차 두 대를 열차 앞뒤에 연결해 느린 속도로 운행하게 되어 있었다. 그리고 열차가 들어오고 나갈 때는 안전을 위해 반드시 책임자인 역장 또는 부역장이 열차의 운행상태를 직접 감시하기도 했다.

필자는 제천에 살다가 나한정역으로 부임하게 되었는데 두 달 후 가족 모두 그곳 관사로 이사를 했다. 당시 세 살이었던 큰딸은 아빠가 근무하는 사무실에 나와서 기차와 관련된 이것저것 물건들을 만져 보며 놀기도 하고 열차가 들어올 때는 빨간색과 녹색깃발을 들고 나가 기관사를 향해 손을 흔들어 인사하며 하루를 보내곤 했다. 자신의 얼굴 전체를 가리고도 남을 만큼 커다란 철도직원 모자를 비스듬히 쓰고 깃발을 들고 서 있는 모습을 담은 딸아이의 사진은 지금도 고스란히 앨범에 보관되어 있다.

당시 모든 철도역의 근무체계는 24시간 근무하고 하루 쉬

듣기만 해도 가슴 뛰는 말

는 격일근무제였다. 그래서 쉬는 날에는 김밥 도시락을 준비하여 나한정역에서 완행열차로 한 시간 정도 위치에 있는 정동진역에 놀러 가기도 했다. 바닷가에서 갈매기와 파도를 바라보며 가족과 함께 즐거운 시간을 보내고 동해역 근처에 있는 감추사, 묵호항, 안인역 앞 바다, 추암 촛대바위, 무릉계곡과 삼화사 등 주변에 있는 관광명소를 두루 다니며 아름다운 추억을 만들어갔다.

무릉계곡과 삼화사에 갔을 때다. 깊고 웅장한 계곡을 지나 사찰 입구에 이르자 어디서 나타났는지 커다란 두꺼비 한 마리가 마치 우리 가족이 방문할 것을 미리 알고 있었다는 듯 마중하며 반갑게 인사를 했다. 둘째를 임신하여 출산을 앞두고 있던 아내는 매우 상기된 표정으로 곧 태어날 둘째 아이가 어쩌면 아들일지도 모르겠다며 예상치 못한 두꺼비의 환영에 큰 의미를 부여하며 기쁨을 감추지 못했다. 옛날부터 두꺼비는 부(富)와 행운을 상징하고 꿈속에서 두꺼비를 보거나 품에 안기면 아들을 낳을 태몽이라는 말이 있었기 때문이다. 그런 아내의 모습이 다소 안쓰럽기도 했지만 나 자신도 아들을 바라고 있었던 터라 아내의 희망과 기대감에 상처를 주지 않으려고 적극적으로 맞장구치며 공감을 표시했다. 아내의 말대로 두꺼비의 출현이 우연이 아니기를 은근히 기대하는 마음도 없지 않았다.

요즘은 딸을 더 선호하는 분위기지만 그 시대에는 가문의 대

(代)를 이을 아들 하나 정도는 반드시 있어야 한다는 인식이 강했다. 그래서 첫째가 아들인 경우라면 미련 없이 단산(斷産)하였지만 첫째가 딸인 경우 아들을 바라는 마음에서 둘째를 임신하는 것이 전반적인 사회적 분위기였다. 그렇다 보니 아들을 낳을 수 있다는 비법들이 매스컴과 사람들의 입을 통해 공공연하게 확산되어 있었고, 약국에서는 임산부의 체질을 바꿔준다는 약을 어렵지 않게 구입할 수 있었다. 심지어는 아들을 원하는 절박한 사람들의 심리를 이용하여 아주 고가의 약품들이 은밀하게 거래되기도 했었다.

그런 사회적 분위기에 필자 또한 편승할 수밖에 없었다. 이미 큰딸이 있었지만 둘째는 무조건 아들을 낳아야 한다는 목표와 강박관념이 크게 작용했다. 아내는 지인이 소개해준 한의원에 가서 임산부의 체질을 바꿔준다는 한약을 복용하기도 하고 과학적으로 검증되지는 않았으나 이미 성공한 사람들의 입을 통해서 확실하게 효험이 있다고 전해지고 있는 다양한 비법들을 하나하나 실천하는 등 나름 많은 노력을 기울였다. 그런 까닭에 내심 둘째는 아들일 거라는 믿음과 확신이 컸고 두꺼비의 출연에 의미를 크게 둔 것이다.

하지만 그런 희망과 기대와는 달리 두 달 후 아내는 딸을 낳았다. 이는 자녀를 얻는 것은 천륜이며 인간의 힘이 미치지 못하는 신의 영역이라는 것을 크게 깨닫게 되는 계기가 되었다.

듣기만 해도 가슴 뛰는 말

추암 촛대바위에 갔을 때는 부족한 정보와 어설픈 판단으로 딸아이와 만삭인 아내를 무려 한 시간가량 걷게 한 일도 있었다. 동해역 앞에서 시내버스를 타고 촛대바위와 가장 가까운 정류장에서 내린 뒤 택시를 탈까 걸어서 갈까 고민하다가 마침 그곳에서 버스를 기다리는 노인에게 물었더니 걸어가도 될 만큼 가까운 거리에 있다고 한다. 그래서 걷기로 하고, 참새를 쫓는 허수아비가 삐딱하게 서 있는 논과 잠자리가 날아다니는 작은 시냇가 사이로 난 고풍스런 신작로를 따라 가을 하늘을 만끽하며 기분 좋게 걷기 시작했다. 하지만 금방이면 도착한다는 촛대바위는 가도 가도 끝이 보이지 않았고 점점 힘들어 하는 딸아이를 안기도 하고 때론 걸리기도 하며 가다 서다를 수도 없이 반복해야만 했다.

우여곡절 끝에 관광을 마치고 돌아 나올 때는 도저히 걸을 자신도, 기운도 없어서 망설이고 있었다. 그러던 차에 마침 고기잡이 일을 마치고 나오는 어부에게 부탁하여 아내는 큰딸을 안고 트럭 조수석에 타고 나는 고기 잡는 어망이 가득 실려 있는 짐칸을 이용하여 어렵지 않게 되돌아올 수 있었다. 시골 사람들에게는 금방이라는 시간과 가깝다는 거리의 개념이 도시의 젊은 사람들과 많은 차이가 있음을 실감하는 좋은 경험이었다.

또 나한정역에서 그리 멀지 않은 깊은 산속에는 삼림욕을 할 수 있는 무성한 소나무 숲이 있어서 쉬는 날은 혼자 산에 올라가

옷을 모두 벗은 알몸인 상태로 삼림욕을 하거나 바위에 걸터앉아 책을 읽기도 했다.

알몸으로 삼림욕을 한다는 것이 지금으로선 혐오의 행위이지만 그곳은 산이 워낙 깊고 오고가는 사람들이 없어서 마음만 먹으면 얼마든지 가능했다. 실오라기 하나 걸치지 않은 피부를 뚫고 들어오는 진한 소나무 향과 강력한 산의 기운을 온몸으로 느끼고 있노라면 건강과 힐링(Healing)을 넘어 마치 늙지도 죽지도 않는 신선이 되어가는 것 같은 기분이 들곤 했다.

때로는 쌍절곤과 긴 나무막대기를 가지고 산에 올라가 평평하고 잘 다듬어진 무덤 앞에서 중국 무술영화에 나오는 이소룡을 흉내 내며 학교 다닐 때 익혔던 무술을 연마하기도 했다. 그것도 싫증나면 마치 동화 속 베짱이처럼 두세 시간씩 목청껏 노래를 부르며 시간을 보내기도 했다.

그뿐만 아니다. 주변 깊은 산속에는 하늘을 덮고도 남을 만큼 큰 다래나무가 곳곳에 널려 있어서 땅에 떨어진 잘 익은 다래를 마음껏 주워 먹기도 했다. 그 중 비교적 상태가 양호한 것을 골라 파손되지 않도록 두꺼운 종이 상자에 견고하게 포장한 뒤 부산 처갓집에 우체국 소포로 보낸 적이 있는데, 다래열매를 받아보신 장모님께서 그렇게 달고 맛있는 과일은 생전 처음 먹어보았다며 고마움의 전화를 하셨다.

그러나 나한정역에 멋진 낭만과 아름다운 추억만 있었던 것은 아니다. 해가 지면 여지없이 찾아오는 짙은 어둠과 적막, 들쥐가 나올 만큼 낡고 오래된 관사, 이용하기조차 망설여지게 하는 공포의 재래식 공중화장실, 상수도 시설이 없어서 양동이로 계곡물을 직접 길어 와야만 했던 주변의 열악한 환경은 추억이라기보다는 어쩔 수 없이 견뎌내야 하는 고행에 가까웠다.

세월이 지나면 원망하는 마음도 사라지고 고난과 역경도 추억이 된다. 그렇듯 나한정역에 근무하면서 경험했던 이런저런 일들은 돈을 주고도 살 수 없고 다시는 경험할 수 없는 아름다운 추억이다.

서천역,
서해 갯벌 체험

장항선 철도 끝자락에 위치한 서천역은 필자가 전국을 두루 다니며 근무했던 수많은 역 중에서 나한정역 못지않은 아름다운 추억과 차별화된 낭만을 경험했던 역 중 하나다.

강원도 삼척 오지에서 겨우 벗어나 대도시인 대전에서 정착할 계획을 가지고 있었지만 사주에 역마살이 들어있는 내게 정착의 기회는 쉽게 주어지지 않고 또다시 이삿짐을 꾸려 서천으로 자리를 옮겨야만 했다.

서천역으로 발령받은 후 처음 두 달 동안은 승용차를 이용하여 대전에서 출퇴근했지만 그러기에는 너무 멀고 위험하다는 아내의 판단에 따라 가족 모두 이사하기로 결정했다. 어차피 1년 후 다시 자리를 옮겨야 하는 상황이라서 대전에 있는 아파트를 비워놓고 세탁기와 꼭 필요한 간단한 살림살이 몇 개만 챙겨

서천역 관사로 이사를 했다. 그때 내게는 이미 딸 둘이 있었고 아내는 셋째 아이를 임신한 상태였다. 떠돌이 생활이 늘 그렇듯이 서천역 관사에서의 생활 또한 나한정역에서 근무할 때와 크게 다르지 않은 마치 어설픈 소꿉놀이와도 같은 시간의 연속이었다.

관사 바로 앞에는 논농사를 짓다가 포기한 듯 수풀이 무성한 나대지가 있었는데 그곳에서 종종 뱀이 나타났다. 하루는 큰딸이 유치원에서 집에 돌아오는 길에 꼬리에 방울이 달린 뱀을 보았다며 잔뜩 겁을 먹은 상태로 허겁지겁 집안으로 뛰어 들어온 적도 있었다. 진짜 방울뱀이었는지 아니면 뱀이 허물을 벗는 중인데 아이에겐 그게 방울처럼 보였는지 모르지만 그 후부터 늘 뱀의 출현을 경계해야만 했다.

어느 날인가는 필자가 보일러에 연탄을 갈아 넣는 과정에서 미처 꺼지지 않은 타다 남은 연탄재를 나대지에 그대로 버리는 바람에 불이 일어나 나대지의 잡풀을 모두 태우고 인접해있는 서천역 구내 울타리인 측백나무까지 불이 옮겨 붙어 소방차가 출동하여 겨우 진화할 수 있었다. 하마터면 더 큰 피해로 이어질 수도 있는 아찔한 상황이었지만 다행히도 소실된 측백나무 외에는 큰 피해로 이어지지 않았다. 지금 같으면 실화에 의한 법적 처벌을 받아야 하겠지만 소박한 시골 인심 덕분에 더 이상 크게 확대되지 않아 그럭저럭 위기를 잘 넘길 수 있었다.

셋째 아들은 필자가 서천역에서 근무할 때 태어났다. 출산 예정일을 한 달 앞둔 아내는 정기검사를 받기 위해 산부인과에 갔는데, 곧 아이가 나오게 생겼다는 의사선생님의 말씀에 따라 서둘러 입원해야 했다. 아내가 갈아입을 옷가지와 이불 등을 챙겨서 유치원에서 돌아온 큰딸과 둘째 딸을 데리고 병원에 도착했더니 보호자를 기다리고 있던 간호사가 내게 "축하합니다. 아들입니다." 하고 환하게 웃으며 축하인사를 하는 것이었다. 예정일보다 한 달 앞서 태어나는 바람에 아들은 일주일간 인큐베이터 신세를 져야 했다.

필자의 자녀 셋은 모두 태어난 지역이 다르다. 첫째 딸은 충북 제천에서, 둘째 딸은 강원도 삼척에서, 그리고 셋째인 아들은 충남 서천에서 태어났다. 요즘은 아이를 낳을 때 남편이 함께 분만실에 들어가 아내의 손을 잡아주기도 하고 산고의 고통을 함께 나누는 것이 일반적이라는데 아내가 세 아이를 낳는 동안 나는 단 한번도 아내 곁을 지키지 못했다. 그렇기에 많은 세월이 지난 지금까지도 산고의 고통을 오직 혼자서 견뎌내야만 했던 아내에게 늘 미안함과 용서를 바라는 마음의 빚을 가지고 있다.

아들의 출생은 우리 집안에 큰 경사가 아닐 수 없었다. 당진에 계신 부모님은 귀한 손자를 얻었다는 기쁨에 며느리와 손자에게 줄 한약을 준비하여 단걸음에 달려오셨고, 인천에 사시는 큰 누님 내외, 부산에서는 장인장모님께서 먼 길을 마다하지 않고 다녀가셨다. 백일 되던 날엔 서천역 직원은 물론 이웃 역 직원들까지 초대하여 큰 잔치를 베풀기도 하는 등 아들을 얻은 신고식을 거창하게 치렀다.

서천역에 근무하면서 소꿉장난 같은 관사생활은 그것만이 전부가 아니다. 쉬는 날은 가족 모두 데리고 바닷가에 나갔다. 백사장을 거닐며 기이하게 생긴 여러 종류의 조개껍질을 주어 모아 장난감처럼 가지고 놀기도 하고 여름이면 하루 종일 해수욕과 머드팩 놀이를 하며 시간을 보냈다. 또 어망과 호미를 준비하여 갯벌에서 바지락과 맛조개를 잡아 된장찌개와 국을 끓여 먹기도 하였다. 당시 모든 갯벌은 지역주민들뿐만 아니라 외지 사람들에게도 무한정 열려있어 누구나 접근이 가능했다. 한 시간만 투자하면 20kg 정도는 손쉽게 잡을 수 있을 만큼 개체수도 상당히 많았다.

또 서천에서 가까운 한산 모시타운, 장항과 군산을 잇는 금강 하구, 부여 낙화암과 고란사, 가을 정취가 최고였던 아담한 사찰 무량사, 경내에서 새끼 고라니를 기르고 있던 대조사 등 주변에 있는 많은 사찰과 관광명소를 두루 다니며 멋진 추억을 만들기도 하였다.

나한정역에 근무하면서 쉬는 날 삼림욕을 즐기고 대래를 줍는 것이 일상이고 행복이었다면, 서천역에서는 바닷가에 나가 바지락을 캐고 한 없이 펼쳐진 갯벌을 놀이터 삼아 어린아이처럼 흙장난하며 지낸 것이 보람이며 즐거움이었다.

오늘날 그와 같은 다양한 체험과 경험을 위해서는 많은 시간과 노력이 필요하겠지만 필자는 전국을 무대로 하는 직장 덕분에 많은 시간과 큰 노력을 기울이지 않고도 많은 추억과 화려한 체험이 가능했다. 더 이상의 바람도 없고, 미련도 없을 만큼 가족들과 함께 이곳저곳 여행할 수 있었으니 큰 행운이었다. 특히 정동진은 드라마 '모래시계'로 널리 알려지면서 2000년대 초반까지만 해도 우리나라 국민들이 가장 가보고 싶어 하는 선호도 1위의 곳이기도 했는데, 필자는 직장 덕분에 로망의 정동진을 마치 동네 마실 다녀오듯 하였으니 축복받은 인생이라고 할 수 있다.

현재의 상황을 부정적으로 생각하거나 원망하면 한없이 불행하고 괴롭지만, 긍정적으로 받아들이면 모든 일이 행복하게 느껴진다. 그리고 긍정적 생각은 무언가에 이끌려가는 삶이 아닌 자신이 주인공이 되어 인생을 주도적으로 리드해갈 수 있는 좋은 기회를 준다.

※

인생은
즐거운 소풍

슈바이처 박사는 "지금으로부터 20년 뒤 여러분은 잘못하고 후회하는 일보다 하지 않아서 후회하는 일이 더 많을 것이다." 라고 했다.

영국의 소설가 버나드 쇼의 묘비에는 '우물쭈물하다가 내 이렇게 될 줄 알았다.'라고 기록되어 있다고 한다.

흔히 인생은 소풍이라고 한다. 소풍 가는 날만 손꼽아 기다리던 어린 시절의 기억을 되살려 보자.

소풍 가는 날 입으려고 준비한 옷을 곱게 접어 챙겨놓은 뒤 보고 또 보기도 하고, 그날 신으려고 고무신이나 운동화를 깨끗하게 빨아 놓고 때가 묻을세라 마른 걸레로 닦고 또 닦는다. 행여 내일 비라도 내릴까봐 밤을 새워가며 방문을 열어 하늘을 쳐다보기도 하고 짓궂게 비라도 내리면 학교 소사 아저씨가 오래 전에 구렁이를 죽인 탓이라며 한없이 원망하기도 했다.

　단무지와 계란말이가 들어있는 김밥을 먹을 수 있고 장난감 권총과 나팔을 살 수 있는 수 있는 유일한 기회가 소풍이었다. 점심시간이 끝날 무렵이면 보물을 숨기려고 자리에 일어선 선생님의 뒤를 몰래 숨어서 따라다니다가 들켜서 야단맞기도 하고, 장기자랑 시간이면 동요 '푸른 잔디'가 아닌 어른들에만 허용되는 나훈아의 '사랑은 눈물의 씨앗'을 마음껏 불러보기도 했다. 얼마나 행복하고 아름다운 추억인가? 인생이 소풍이라면 이것저것 다 해봐야 되지 않겠는가?

　필자는 한 직장에서 40여 년 가까이 근무하면서 제천, 삼척, 김천, 음성, 서천, 서울, 익산, 의왕, 부산 등 전국을 대상으로 모두 24번 자리를 옮겨 다녔다. 용량이 허락했다면 휴대폰에 저장된 직원들의 전화번호만도 2만 개는 될 것이며, 그동안 주고받은 명함 수는 족히 5천 장은 될 것이다.

　아이들이 어릴 때는 이사를 다녔지만 중학교 입학하면서부터는 직장에서 마련해준 관사와 사택에 거주했다. 주말이면 가족들을 그곳으로 오라고 해서 주변에 있는 명소를 두루 다니며 관광도 하고 지역을 대표하는 맛있는 음식도 맛보면서 다양한 경험과 추억을 만들었다. 그때 찍은 사진은 모두 현상하여 앨범에 보관하고 있다. 훗날 아이들이 결혼할 때 선물로 줄 생각이다.

앨범에는 엄마 뱃속에 있을 때 초음파로 찍은 사진부터 시작하여 어린이집에서 재롱잔치 할 때, 소풍갔을 때, 가족과 함께 여행 갔을 때, 학교 졸업할 때 등 성인이 되기까지 모든 시간과 역사가 고스란히 들어있다. 먼 훗날 아이들이 할머니, 할아버지가 되어 앨범을 꺼내보면서 그동안 살아온 인생 발자취를 돌아보고 회상하면서 '내게도 이런 때가 있었구나.' 하며 감동적인 추억을 만나게 될 것이다.

인생은 개인의 역사이며 매일같이 써야 하는 일기장이다. 한 장의 일기장을 모두 채우려면 그 목적 자체를 위해서라도 의도적으로 이런저런 일들을 만들어야 하고, 개인의 인생을 담은 화려한 한 권의 역사책을 만들기 위해서는 이것저것 다양한 경험도 필요하다.

운전대를 놓고 걸어서 출퇴근도 해보고 지하철이나 시내버스를 타고 다녀 보기도 하자. 산뜻한 아이디어와 멋진 시상이 떠오를 수도 있다.

아파트만 고집하지 말고 단독주택에 살면서 마당에 상추와 꽃잔디를 심어보기도 하고, 로또 몇 장 구입하여 주말이면 가족과 함께 거실에 앉아 번호를 맞춰보기도 하자. 자연스럽게 소통의 기회를 갖게 된다.

1년 내내 등산만 하지 말고 통기타든 색소폰이든 악기를 하나 배워보자. 자신의 능력에 한계가 없음을 발견하고 감탄하게 될 것이다.

돈가스와 김치찌개만 먹지 말고 부모님 손잡고 5일장이 열리는 시골 장터에 가서 잔치국수와 묵밥을 먹어보자. 부모님이 드신 것은 한 끼의 식사가 아니라 오랫동안 기억에 남을 한 편의 추억을 드신 것이다.

직장동료와 술만 마시지 말고 그동안 잊고 지냈던 담임 선생님을 모시고 자장면이라도 함께 먹으면서 대화를 나눠보자. 선생님의 꾸지람과 사랑이 지금의 내가 있는 밑거름이 되었음을 깨닫게 되어 양주라도 한 병 선물해드리고 싶을 것이다.

시험공부에만 전념하지 말고 도자기 굽는 마을에 가서 화덕 아궁이에 장작 하나 넣어보자. 참나무 타는 구수한 냄새와 뜨거운 불기운이 공부에 지친 몸과 마음을 보듬어 줄 것이다.

에세이만 읽지 말고 연애소설이나 탐정소설도 읽어보고, 먼지 수북이 쌓인 책장을 열어 오래전에 읽어보았던 고전을 다시 한 번 읽어보자. 청소년 때의 생각과 지금의 생각이 다르니 분명 새로운 지혜를 만나게 될 것이다.

영원한 소풍은 없겠지만 그래도 2박3일간의 수학여행보다는 인생이 더 길지 않은가?

구슬치기와 숨바꼭질이 하루의 전부였던 철부지였을 때보다, 비록 공부에 지치고 회사에서 스트레스 받으며 살아온 날이 더 많을지라도 인생은 행복한 소풍이 아니겠는가?

불교에서는 사람의 몸을 받고 태어나기란 수미산(인도에서 가장 높은 산) 아래 바늘을 꽂아놓고 산 꼭대기에서 좁쌀 한 알을 던져 그 좁쌀이 바늘에 꽂힐 확률보다 더 어렵다고 한다.

혹시 지금 하고 있는 일이 너무 많고 힘들어 그만 두고 싶은 생각에 갈등하고 있지는 않은가? '복 중에 으뜸은 일복'이라는 말도 있다. 일이 많은 것은 하늘이 내게 특별히 내려준 값진 선물이니 얼마나 큰 행운이며 고마운 일인가? 우리가 백년을 산다 해도 우주라는 방명록에 이름을 남기기는커녕 작은 점 하나 찍는 수준에 불과하다. 삶이 일이라고 생각하면 힘들고 쉽게 지친다. 그저 소풍이라 생각하고 신이 내려준 선물이라 생각하고 즐겁게 받아들이자.

산을 오르다 보면 힘든 오르막길도 있고, 평탄한 능선도 있고, 기분 좋은 내리막길도 있다. 또 추운 겨울이 지나고 나면 따뜻한 봄이 오고, 무더운 여름 뒤에는 맑고 쾌청한 가을이 기다린다.

인생은 마라톤 풀코스와 같다. 먼저 출발했다고 해서 반드시 먼저 결승점에 들어오는 것은 아니다. 당장은 힘들고 성과가 없다 하더라도 원망하거나 좌절하지 말고 평소 훈련했던 것처럼 자기 페이스대로 꾸준히 가면 된다. 속도보다는 방향이 중요하다.

학교든 직장이든 치열한 경쟁 속에서 몸을 혹사시키고 사랑하는 나 자신을 잊은 지 오래되었다면 그 무거운 짐을 잠시 내려놓고 초등학교 다닐 때의 어린 시절로 돌아가 소풍을 준비하는 설레는 마음으로 인생의 일기장을 한 장씩 채워나가보자.

취하여라.

모든 것이 거기에 있다.

그것이 유일의 문제다.

당신의 어깨를 짓누르고 당신의 몸을 땅 쪽으로 기울게 하는 저 시간이라는 무거운 짐을 느끼지 않기 위해서라도 항상 취해있어야 한다.

그러나 무엇에?

시이건, 술이건, 미덕이건 상관없다.

어쨌든 취하여라.

– 보들레르의 '취하여라' 중에서

듣기만 해도 가슴 뛰는 말

가정의 행복과 자신의 발전을 위한

『나의 헌법 제1조』

- ▶ 孝는 모든 덕행의 근본임을 잊지 않는다.
- ▶ 자연의 진리와 질서에 순응하고 언제나 감사한 마음으로 생활한다.
- ▶ 아내에게 관대하고 너그러우며 사소한 일에 화내지 않는다.
- ▶ 아이들에게 큰소리로 야단치지 않으며 가족과 여행의 기회를 만든다.
- ▶ 절약을 미덕으로 삼고 경제적으로 자립한다.
- ▶ 항상 지적인 성장을 위해 노력하며 시간을 소중히 여긴다.
- ▶ 건전하고 멋진 언어를 사용하며 강하고 건강한 몸을 유지한다.
- ▶ 모든 사람들에게 친절하며 명예를 소중히 한다.
- ▶ 어떤 경우라도 적을 만들지 않으며 요구하기보다 베푸는 사람이 된다.
- ▶ 사람들에게 좋은 습관을 갖도록 유도하고 인생을 변화시키는 조언자가 된다.